对的人，终将把你好好爱着

洛城 著

江苏凤凰文艺出版社
JIANGSU PHOENIX LITERATURE AND ART PUBLISHING, LTD

图书在版编目（CIP）数据

对的人，终将把你好好爱着 / 洛城著. -- 南京 : 江苏凤凰文艺出版社，2017.3

ISBN 978-7-5399-9870-1

Ⅰ. ①对… Ⅱ. ①洛… Ⅲ. ①散文集－中国－当代 Ⅳ. ①I267

中国版本图书馆CIP数据核字(2016)第322923号

书　　名　对的人，终将把你好好爱着
作　　者　洛　城
出版统筹　黄小初　周亚林
选题策划　王海丽
责任编辑　姚　丽
责任监制　刘　巍　江伟明
出版发行　凤凰出版传媒股份有限公司
　　　　　江苏凤凰文艺出版社
出版社地址　南京市中央路165号，邮编：210009
出版社网址　http://www.jswenyi.com
经　　销　凤凰出版传媒股份有限公司
印　　刷　北京富达印务有限公司
开　　本　880×1230毫米 1/32
字　　数　186千字
印　　张　7.75
版　　次　2017年3月第1版　2017年1月第1次印刷
标准书号　ISBN 978-7-5399-9870-1
定　　价　36.00元

目录

Chapter 02
我喜欢这样的自己，悄悄地绝口不提

Chapter 03
对的人，终将把你好好爱着

序：在最好的年纪喝最烈的酒，看最美的风景，爱深情的人

爱情几乎是所有女人最初的梦想。

每个女子从懵懂的年岁开始，都会在风清月白的仲夏之夜、在喧闹的课间或者是细雨霏霏的操场上，揣摩将来恋人的模样。那是少女时代，心底反复演习的一抹柔情。

我们向往爱情，似乎那是世界上最妙不可言的存在，从天空俯冲向地面，直击你的心门。

时间将你的长发蓄起，长裙替换掉呆板的校服，然后在一个不经意的瞬间，你瞥见一个匆匆而过的身影。

有时候，并不是那个人有多好。而是，他恰巧在那个时间，经过了你家门前，阳光填满空气，他穿着白色的球衣，你就那样喜欢上了他。他就那样镌刻进了你的生命，回放在你的心底和眼底。

从此，你只为一个人的名字，彻底沦陷。

你的嘴角会因为回想起来他而不自觉地微笑；你会为了他悄悄叠起千只纸鹤，却从来不敢送出去，最后封存在玻璃瓶里摆在床头；你会在他经常出没的路口盘桓，只为他和你错身而过的那一秒。

吃到美味的食物你会第一个想要和他分享，看到美丽的风景会遗憾没有他在你的身边和你牵手拥抱，情人等各种节日形单影只会让你更加地伤感。

爱情会让人几度生，也让人几度死，我们于是为了另一个人的眼眸，越走越远。

有些事，不必非要深深映在脑海，有些人不必非要留在身边，有些话，不必非要说出口，只是那么一个转身，那样的一个身影，那样在灯红酒绿的世界背后那一抹灰色剪影，每当一个片段的闪过，一个被遗忘很久的情节在某个相似的情节下翻涌而来，纵然略有苦涩、伴有感慨，却也从来不曾觉得遗憾。

那是窥探了内心的秘密，那些过往流逝的光影，那些奋不顾身的未来，那些飞蛾扑火的执着，还是，我渐渐看你渐行渐远，看着流光匆匆在心头上遗落的痕迹，而后蓦然一笑，转身向着另一个方向前行。

三毛说："其实，我们每个人都是天地间的过客，一个人的声音和足迹，如果能被另一个人深深的怀念和铭记，这就是永恒。"

我们在爱情中迷失自我，却又劫后重生。嘴上说着从此以后再也不相信爱情了，可心中却依旧没有停止等待命中注定的那个人，哪怕一分一秒。

因为，那是爱情。即便满身伤痕，即便磕磕绊绊，可都不能阻挡它势必发生。那些爱对的人，是命运慷慨的恩赐，而那些爱错的人，名叫青春，毕竟一同走过些岁月，他如同你心底的老朋友一般，永远定格停在了原地，留在你们最年轻的岁月。就好像桌上那瓶没有送出，被时间蒙上一层厚厚灰尘的千纸鹤。

人从小到大，是一个化简为繁的过程，越往后来越开始回归化繁为简的路途。年轻的时候我们什么都想要，越到后来才发觉，我们只需要一些少而珍贵的事物。

从前，我对于爱情的感受并没有那么深刻，觉得似乎爱就是要痛、要流泪、要惊天动地感人肺腑。直到后来我才明白，人生是一个不断拿起又不断放下的过程，有的人走着走着也就散了，有的人无论流光来去，还会留在你的身边。

生命中有太多这样的戏码，起起落落。只有真正的爱情，才能让你收获最终的平静。

那日州城下了入冬以后的第一场大雪，我和朋友趁着公司旁边的红墙和高大的法国梧桐，无比欢腾地跑去拍照，直到鼻子变红，手脚僵冷才回到屋里。

看照片的时候，朋友问我，王先生是否愿意为我拍照。

我说，愿意啊，他还拍得很好，总是能够拍出来我想要的感觉，而且也从来不会不耐烦。想想这么些年和他旅行的日子，永远是他举着镜头对着我拍拍拍，从开始连单反都不会用，到后来轻松拍出雪山草原忧郁姑娘的空灵照片。

人们说起爱人，大都有于我心有戚戚焉的感受，那是一种最合乎灵性的共鸣。

沈从文对他的爱人张兆和说："我一辈子走过许多地方的路，行过许多地方的桥，看过许多形状的云，喝过许多种类的酒，却只爱过一个正当最好年龄的人。"

只愿你的爱情能够刚刚好，在最好的年纪喝最烈的酒，看最美的风景，爱深情的人。

Chapter 01

忽然想起你，我笑了笑自己

那一年，在班门口等你的少年

周五的时候，收到小溪的微信："夏夏，我去你那儿藏几天，晚上七点落地。"

慌忙安排完手上的工作，下班开车直冲机场。

小溪穿一身藏蓝色的大衣，围巾围着随意散着的长发，手上拎着她的赛琳笑脸包。远远看上去就是个贵妇。我微笑站在原地，张开双臂等着她的拥抱。

她走上前来抱住我，第一句话是："卧槽，你这儿真冷！一下飞机，差点儿没把我冻成僵尸！"

"你怎么了，欠高利贷了？欠老板的PPT写了吗？"

小溪摘下墨镜，我才看到她的面容有些憔悴。

"夏夏，苏茗回来了。"

小溪是我深圳公司的同事，去深圳总部工作的时候，我俩一见如故。

回到酒店，洗完澡，我俩拿着啤酒躺床上，小溪缓缓道来她和苏茗的故事。

那还是十二年前，学校高一男篮比赛。我声嘶力竭地呼喊，给自己班的同学加油，赛场上对方班级有一个男生，1.8米的大高个子，清清秀秀像是主力。

那是我第一次见苏茗。

高一比赛结束当天下午，两个年级的老师心血来潮安排了一场高一高二的友谊赛。原本竞争对手的我们，立刻成了盟友。我和另外几个同学分别张罗着去各个班级拉各自的主力，临时拼凑成高一最强联盟。

自然而然，我想到了苏茗。

去找他的时候，班里同学说他貌似受了伤，恐怕不能上场。回到赛场的时候，比赛几近开始，“加油！”我边兴奋地喊着，边往场边跑去，这时才发觉因为刚才嗓门太大，身边的男生像看外星人一样看着我，我回头看向他，这不是苏茗么?

我于是手舞足蹈地跟他讲到自己刚刚还去找过他。

“你好，我叫小溪。”说话的同时，我伸出了手。

他愣了一下：“你好，我叫，我叫什么来着？”他有些讪讪地看着身边的同学。

“你叫苏茗！”说完，我伸手去握住了他的手。

比赛有些胶着，高一的体育老师看到苏茗便叫了暂停，对他喊了一声：“苏茗，上！”

紧接着，苏茗就开始脱外套，“可是你……”我话还没有出口，苏茗把外套递给同学，回头对我眨眨眼微笑道：“没事。”说完就跑上了场。

我们最终没能赢得对高二的比赛，但我和苏茗十二年的故事就这样开始了。

起初，我们只是点头之交。每次在学校偶遇的时候，我都会主动跟他挥挥手，他则礼貌地跟我笑笑。

那天又是个平常的下午，我从班里出来，碰巧在人群中看到苏茗的背影。

“苏茗。”我叫了他一声，他并没有什么反应，我于是快走几步上前拍拍他后背：“嘿！”

我的声音迅速淹没在嘈杂的人声里，苏茗出神地回过头来，他好像看见我了，又好像没有看到我，漠然地转回身去，继续往前走。

我的脸刷地红了起来，感觉身边的人仿佛都在嘲笑一个自作多情、主动搭讪又被赤裸裸忽视掉的我。

过了几天，在走廊上，碰巧遇到了苏茗和其他几个同学在班门口说话，他看见了我，我也看到了他。

我就像看到陌生人一样，目光带过，径直离开。我看到苏茗的笑容僵在脸上。

我好像为自己争回了点面子，心中却一点也不痛快。

还没有想完，只觉得有人拍我肩膀，回头看去，是苏茗。

“你刚才干吗不理我？”

"我，"我咽了口水，"是你上次不理我啊。"

"我哪次不理你了？"

"就上次，我拍你后背，你回头当没有看到我一样。"

苏茗面上露出努力回忆的表情，搜索一圈，没有收获。"我真的不记得了。如果真的有，那一定是我无心的。不要生气好吗？"

我愣在原地，哆哆嗦嗦地说了一句："好。"转头就跑了。

后来我们的关系就慢慢熟络起来，苏茗家是北京的，因为父母工作的关系，随父母来到L城我们学校借读。

那时候我们的教学楼形状设计得像少数民族的土楼，中间是一块圆形的场地。下课后经常有学生在那里打羽毛球。

有一天我和室友们从旁边经过，远远就听到苏茗在喊我"小溪"！

只见他飞一般地跑过来，冲到我们面前二话不说开始脱衣服，外套"刷"地一下被扒开，身边的室友都吓得脸红心跳地尖叫了一声。

苏茗把外套塞到我手里："帮我拿一下！"然后头也不回冲回场地和别人打起了羽毛球。身边的姑娘们一个个意犹未尽，倍感失望。

我们甚至还一起在班级联谊会的时候演话剧，话剧的结尾男主和女主交换对戒——那是我从网上淘回来的假戒指。演到这里的时候，台下一片起哄声。

高二的时候，我和苏茗已经是很好的朋友，我忘记带课本，于是借了他的书，用完后到他班门口准备还给他。

这时候，一个小姑娘脸红红地跑到我身边："学，学姐，你是苏茗的同学吧。请你帮我把这个转交给他。"

我爽快地答应了，接过来才发现是一封信。淡粉色的信纸，叠成了心形。

“谢谢学姐！”还没等我反应过来，小姑娘就慌乱地跑下了楼。

苏茗刚和几个同学打完篮球回来，看见我后，顺手就抽走自己的书说了句“不谢！”

“哎！你等等！”我叫住了他。

“干吗？”

“这个。”我拿出了信。

苏茗的脸刷地红了起来，他身边的室友像中奖一样兴奋地拉住了另一个人的胳膊，俩人一起目不转睛地看着我，等着好戏上演。

苏茗伸出了手，修长的手指竟然在空中有些颤抖。

“刚才一个学妹托我转交给你的。”

他的手凝固在了空中，脸上有些阴晴不定的表情一闪而过：“谁？”

“不认识，就一个小姑娘。”

他眯起眼睛，瞳孔微微收缩：“谁给你的，你还给谁。总之我不要！”说完，将手中的篮球砸向地面，回头走到自己座位上坐下。

他身边的人有些泄气，追过去捡回篮球，对我耸耸肩也走开了。

我站在门口，进也不是，走也不是。“苏茗！你给我出来！”

他当没听见一样坐在原地。

“好，你不出来，我拆开念了啊！”于是我真的拆开信，“学长！你好，我是……”

我刚开了头，苏茗旋风一般冲到我身边，用手捂着我的嘴，裹挟着我走到他们班门外旁边的走道。

“你听清楚了，我不像你们女生那么无聊，动不动就要暗恋早恋谈对象。我对这个，不，感，兴，趣！”

那是我第一次见到苏茗愠怒的表情，他从来都是那么温和阳光，他虽然压低了嗓子，但我依然能感受到从他牙缝里挤出来的每一个字，都像带着怒气。

之后的那几天，苏茗都没有来找过我。我也像做了亏心事一样，不好意思去找他。我实在想不明白，不就是顺手帮他送一封情书，何至于他发这么大的脾气。女生有喜欢的人，在他的眼里，竟然是一件如此丢脸的事情么。

终于我还是放下面子，提起勇气去找他，苏茗的室友告诉我说他发烧了，病了好几天，刚从家回来，晚自习请假。

我回到自己班里，心不在焉地上完了第一节晚自习。

“小溪！有人找你！”

苏茗手捧一杯奶茶站在门口，看到我出来对我笑笑，把奶茶递给我。我的班级在走廊的尽头，靠着一个大阳台，穿堂风很冲，站立一会儿都会冷得难耐。我分明看到他的手指已经冻得通红。

“你不是生病了吗？”

“他们说你来找过我。”

“所以，你刚才等了我一个晚自习？”

他淡淡地笑笑：“没事。”

那是个冬季寒冷夜晚，走廊尽头昏黄的路灯从他背后照来，他的眸子在微光中静静注视着我。

没过几天，我的爷爷病重进了重症监护室。请假走的时候我边哭边给苏茗打电话，语无伦次地只管哭得一塌糊涂。

一天晚上苏茗给我打来电话："爷爷还好吗？"

"还好，还在重症监护室。"

"嗯，你要坚强，这样你才能照顾好爷爷知道吗？"

我走到医院的阳台上："嗯，我知道。不要担心。"忽然我看到楼下院子里有个熟悉的身影。

"你这会儿不应该在上课吗？"我问他。

"我，我……"

我飞快地走下楼去，追上了那个准备离开的背影："苏茗！你怎么从学校出来的？"

我们高中住校，学校向来管得很严。苏茗是他们班的班长，从来都是个严于律己的人。

"我翻墙出来了……"

"你知不知道你要是被发现了，是要被处分的！我过几天就回去了，你给我打电话不就好了？"

"没事，"他说，"我就是想看看你。"他拍拍我的头，"我走了，不然真的要被发现了。有事打电话。"

看着他离开的背影，总觉得有什么堵在我胸口。我很想冲上去抱住他，鼻涕眼泪抹在他的胸前，告诉他我很害怕。可我最终没有这么做。

我们的学校在开发区，人烟稀少，周围环境有些荒凉，还有些其他新校区的工地在建。

那段时间，学校疯传一个女生在学校下课后被民工骚扰。所有人风声鹤唳，都三两结伴，不敢落单。

一测成绩公布的那天，我发挥得并不好。下晚自习回到寝室，心里压抑得很。换身运动服，手机放在寝室就出门了。一个人跑到操场上去跑圈。一圈又一圈，不知道跑了多久，坐在操场边等着汗水退去。

思绪乱飞的时候，苏茗就冲进我的脑袋里。

在球场上潇洒的他，让我不要生气的他，生病还为我送奶茶傻傻等了一个小时的他，逃课出来找我的他……

还有那句："你听清楚了，我不像你们女生那么无聊，动不动就要暗恋早恋谈对象。我对这个，不，感，兴，趣！"

我和苏茗，到底是什么样的关系。三年的时间，苏茗对我真的很好，可他是不是对所有的朋友都那么好呢？我如果有乱七八糟的想法，我会不会失去这个好朋友。

我边想着边往回走。忽然想到自己中午晾在操场栏杆上晒太阳的夏凉被还没收，又跑去抱被子，因为灯光昏暗，一个一个摸去，找了半天才找到。

等我抱着被子慢悠悠回到寝室楼下的时候，几乎已经到了锁门的时间。

"小溪！"苏茗气急败坏地从我身后跑来，拉住我的胳膊，"你跑哪儿去了？"

"我去跑步了啊。"

"你知不知道这么晚了你一个女孩子很危险！"

“有什么危险的，不就跑个步么。你对我凶什么凶！”

“我是担心你。你能懂事点，让我以后少为你担心吗？我总不可能一直在你身边。”

“我是大人了，我会照顾自己，我们是什么关系？我用不着你这么担心。”

这句话脱口而出，说出来的时候我自己就后悔了，苏茗明显吃了一惊，眼中一闪即逝有我看不懂的情绪。

“对不起，是我多事了。快锁门了，你回去吧。”说完他转身走了。

回到寝室后，室友说我的手机一直在响，后来她们帮着接起来电话说我不在寝室。苏茗于是到处找我，每隔一会儿就打电话来询问我有没有回去。

我听到以后，心中愧疚难当，十分后悔自己的冲动。明明是自己不明所以的小心思，苏茗何其无辜，我不应该随意对他发泄心情。

“对不起。”我给他发了短信。

“没关系。”

“我今天说错话了，你不要生我气好吗。我不是故意的。”

“不会。我才没你那么小气。”

“想挨打呢？”

“小溪。今天给你打电话，是要跟你说个事儿。”

我没有立刻回他，过了一会儿，我看到他发来很长一条短信。

“我父母要回北京了，我在咱们学校是借读，临近高考，我也该回本校去准备考试了。原本我是打算这个学期结束了再走的，可是我父母工作的关系，下周就要回去了。我也是才知道，第一个想到就是要告诉你。我今天之所以那么生气，是因为你平时总是迷迷糊糊的，我希望你可以照顾好自己。”

看到这里，我的眼泪大颗大颗地掉落下来，一股哀伤席卷心头。苏茗，苏茗。这个名字早已经揉碎，散落在我三年的时光里。

“小溪，你睡了？”

“没有。”

“所以，你高考会报北京么？”

“我不知道，我今天的成绩并不理想。”

“没关系，那你想去哪里，你告诉我。我们大学还报一个学校。”

“好。”

周末苏茗走的时候，我俩都强撑着微笑着。我和几个朋友一起送他们去了机场，过安检之前我们挥手告别。

苏茗拉着行李向前走着，他走得很慢很慢。我看着他一步一步远离我，心中都是不舍。

还在上学的时候，分开在两个遥远的城市，是足以让人绝望的距离。那个时候的世界太大了，大到淹没两个微不足道的人是那么轻而易举。

我很想上前拖住他的行李，像平时一样对他撒泼耍无赖，不让他走。可我知道，我没有这个资格。他也绝无留下来的可能。

他忽然停了下来，返身回来径直走向我，将我深深地扣在怀里。我笑着笑着，眼泪就掉下来了。

松开我后，苏茗可能意识想到自己父母还在身后，于是和其他几个大男生一一拥抱。有几个忍着想要吐的冲动拼命挣扎，被苏茗一把拉进怀里。

临近高考，忽而有一天我室友神神秘秘跑来找我：“小溪，你知道苏茗谈女朋友了吗？”

“什么？”我的大脑迅速盘算着。

不可能的！苏茗在这里三年了，怎么会一回北京就恋爱呢，那里高考压力再小，也不至于的。再说了，他不是说过最不喜欢情情爱爱的么。

“我哥哥在北京读大学，那是他的前女友！他们谈了快两年。我能认错吗？QQ空间里有她和苏茗的合照，我和我哥都看到了！不信你周末回家了，上我QQ号码看一看。”

那几天格外漫长，终于挨到了周末，我颤抖着点开了空间。觉得心脏就像要从喉咙里跳出来。

是的，那是苏茗。那熟悉的双眸，修长的手指，和他阳光的笑容。

身边的女孩子挽着他的胳膊，对着镜头无比幸福和自信。

照片简介里写道：“告别了错的才能和对的相逢。亲爱的，谢谢你。谨记。”

我的头脑有些发蒙，只觉得自己曾经的小心思就像是一场笑话。

可能苏茗一直有喜欢的女孩，因为什么分开了，所以那一日我叫他，他才当没有看见我一样，是因为刚分手心思恍惚么？

或许，他从来都只当我是他的小妹妹，或者哥们儿。

或许，我是她的替身也不一定，他只是将自己无处安放的感情移情到我的身上来。

可是，你在班门外等我算什么？你找不到我的气急败坏算什么？你临别前的拥抱又算什么？

我是有多么可怜、多么多情，才需要你如此这般地怜悯我？

我很想给苏茗打个电话问问清楚，可是人家已经有女朋友了，我不想给他们的关系造成困扰。

从那以后，苏茗的电话，我再也没有接过，我发信息告诉他最后的时间，想好好冲刺。

苏茗并没有怀疑，问我："想好报哪个学校了么？"

"中国政法。"

"好。"

我知道那是他的志愿。我曾经为了他也做过同样的梦。可是梦醒了，我选择远离北京，逃到一个尽可能远的地方。如果允许，我甚至愿意出国去。填志愿的时候，我悄悄报了厦门大学，并告诉所有的同学，我报的是中国政法。

是的，我等着大学开学的那天，换掉手机号，从此再不联系。为了不让他找到我，所有的同学，没有一个人有我的新号码。

高考完以后，我找各种理由不联系他，比如要出国旅游、比如手机坏了要换号，诸如此类的。苏茗并没有多心，我告诉他，难得假期我想好好玩玩，开学就又是同学了。

那一天真的到来了。

苏茗气急败坏地给我QQ发信息："小溪！你跑到哪里去了？你不是告诉我你报了中国政法么？你的手机打不通，你的同学没有一个人知道你去了哪里？你到底什么情况？”

“你如果没有出意外，你能不能给我回个话。哪怕一个字也行。”

“你是骗了我么？你没有报中国政法对不对？你忽然消失，到底是出了什么事？我宁可是你骗了我，我也不希望你是遇到了什么坏事。”

……

开学的那段时间，我并不开心，总是晚上偷偷蒙在床上哭。

你既然有女朋友了，为什么还要来招惹我。

新的室友发现了我的苦楚，劝我道：“既然你都如此决绝了，何必再去看QQ呢？要断，就断得干净彻底。”

从那以后，我再也不去看QQ，几次都忍不住要去上线，可年轻的时候，什么都没有，只有骄傲。我终于没有纵容自己。

大学是个春光烂漫的所在，压抑了三年的懵懂情怀终于可以在这里释放。凡是单身的，都希望来场轰轰烈烈的爱恋。

我也毫无疑问成为了男生追求的对象。可是，我忘不了苏茗。他就像是我的魔咒，紧紧扣住了我的心。

人生几苦，爱别离、求不得、放不下。

陆里是比我大一级的师兄，开学迎新后就很直接地一直追我。无论我如何解释拒绝，他都好像听不懂我的话一般，依旧我行我素，嘘寒问暖。

那个傍晚我从寝室出来，准备去图书馆自习。陆里等在路边，叫住了我。

“小溪！”他笑着走来，手捧着一杯奶茶，“一起去自习吧？”

路灯从他背后照来，一瞬间眼前有些恍惚，回忆拉扯着我回到三年前的那个晚上。

我闭了闭眼睛，觉得头晕目眩。我想起了那个让我心痛的人。

苏茗。

“你怎么了？”陆里摸了摸我的额头，“不舒服么？”

苏茗。我在心底喊他。

换作平时，我一定挥手打开他的手。可那天，我分明想起了还和他在一起时的温暖。我静静地怔在原地。

“小溪。”我以为自己产生了幻听。

“小溪。”我看清了眼前的陆里，慌忙后退，撞在另一个人的怀里，我回过头来，他棱角分明的面容，砸进我的双眼。

“苏、苏茗？”

我和陆里道了别，拉着苏茗到一边去。

“你怎么来了？”

苏茗不说话，有些期冀破碎在他的眼中。脸上有些胡碴，看起来很疲惫。

“你，还好吗？”他终于缓缓开了口。

“我很好。”

“你怎么知道我在这里。”我多么希望他是为我而来。

“我来找同学，碰巧经过，看到了你。”

我在心底嘲笑自己。

“那是你男朋友？”他问道。

我咬紧牙关：“是。”

我看到他脸上有着很古怪的笑容：“那就好，小溪。那我走了。”

“苏茗！这么久不见，不坐下来聊聊么？”

“不了，原本有很多话要问你。如今我都懂了，我走了。”

苏茗转过身，一步一挪地离开。他没有再回过头，向我跑来拥抱我。他头也不回地离开了。

“那就是你一直喜欢的小子？”陆里出现在我身后，“你俩这是何必。”

“你不知前后，不要来评判我的生活！”向他吼完这句，我飞也似的跑回寝室。

浑浑噩噩地在寝室躺了几天，家里一个电话把我从被窝里叫醒，“小溪啊，妈妈前几天太忙忘记了，前几天一个叫苏茗的小伙子来找过你，我看他很着急的样子，他问我你在哪个学校，说是你很好的朋友。你说你这丫头，好朋友干吗不告诉人家你在哪儿呢？”

……

老妈后来说的什么我已经不记得了，我从床上弹起来

苏茗！你又骗我！你分明不是经过，你分明是来找我的。

可是，你何必如此大费周章。

我打开手机，点开好久没登录的QQ。我想看看他给我的留言，我告诉自己这是最后一次。

高中室友的QQ头像在闪烁，点开发现是很久以前的留言

“小溪你跑哪儿去了？电话也换了，QQ也一直黑着。告诉你啊，我哥打听了一下，原来苏茗不是他前女友男朋友啊，苏茗是她表弟！不过前任嫂子貌似很决绝，和我哥绝交了。但我心中不安，

还是想告诉你这个消息。”

一个闷雷仿佛在我头顶炸响。

我点开了苏茗闪烁的头像：

小溪，不知道为什么你会忽然之间全面撤离我的世界。为了你，我几乎践踏完自己所有的自尊。我联系了你每一位高中同学，他们都不知道你的去向和电话。曾经一度我在想你是不是病了？死了？

于是我不得已，找到你家，打扰了你的家人。直到我在厦大见到你。我才知道，其实我之于你不过是过客一枚，高中毕业了，你我便应该从此再无牵连。

现在回想起来，高中的种种不过是我的自作多情。你一定很想摆脱我，打扰你到这种程度，我很抱歉。

因为你我变得不像我。我真的不懂你为何忽然疏离。小溪，我很想念你。

不管你是否想念我，我都记挂着你。

我即将去国外做交换生，所以我鼓起勇气，无论如何也想找到你。我原本想着，只要你开口，我便不走。

可那天我忽然明白，我离你越来越远或许才是对你的成全和好意。

抱歉，我误解了你我的友情。

谢谢你赠我一场空欢喜。祝福你。

我们，永不再见。

……

我试过很多种办法去联系苏茗，给他的QQ留言，给他国外的手机打电话。甚至跑到他北京的家里，可能他的父母又外派去了外地，始终无人应门。后来托我的室友联系他哥哥，可也没有能够找到他表姐。苏茗就像故意躲着我一般，杳无音讯。

苏茗，我应该如何告诉你我们之间的种种误会和错过？

时间一晃，就到了毕业的日子，我习惯性地给苏茗QQ留言。告诉他我的近况。厦大毕业后，我就到了深圳。

时隔多年，我依然能够记得，那个手捧一杯奶茶，在冬季寒风呼啸的班门口，等我下课的少年。

苏茗这个人就像是尘封在心底的朱砂痣，印在我的脑海中，让我避开了所有和别人恋爱的可能。

我究竟在等什么，其实我真的不知道。

有时候我也在想，已经过去了那么多年，即便当初有多么痛彻心扉、刻骨铭心，时间也早已经冲淡了吧。

我以为，他会就此淹没在茫茫尘世。

直到有一天，我一如往日登上QQ，看到熟悉的彩色头像在晃动。

“小溪，真的好久不见。我已经回国有一段时间，前段时间还回到我们的高中转了转。然后就想到了你，想到我们曾经年少的种种，我没有想到这么些年，你会一直坚持给我留言。我也没有想到，我们之间竟然是如此的阴差阳错。或许上天注定我们此生只能驻足望向彼此几眼，而后匆匆分离吧。

“我后来确实沉沦了许久。我曾经想不明白的很多事情，如今我都懂了。那是我一生最为青涩美好的时刻，即便我们最终错过了，但我会永远珍惜曾经的友情。

“出国以后，我遇到了其他的姑娘，她和你一样，有着明媚的笑容和善良的心。我们已经结婚了，而我马上也要做父亲了。

“抱歉，小溪，让你伤心惦念这么久，这是我没有想到的。希望你能够放下过往，我们会是一辈子的好朋友这种话，我就不说了，就让我们此生彼此怀念吧。

“祝你，早日收获一份真挚的爱情。念好。”

讲到这里的时候，小溪已经泪流满面：“曾经我幻想过很多我们重逢的情景。他还是那个温暖的少年，我还是那个简单的我。他会走上前来拥抱我，告诉我，我们再也不分开了。可是命运就是这么讽刺。你终于等来的，却成了你最不想看到的。我猜到了开头，却没有猜到这个结局。夏夏，苏茗他结婚了，他让别的姑娘为他戴上了指环。”

那一晚，我陪着她喝酒、流泪，听着她絮絮地讲着那已经泛黄的过往。第二天晚上，送她登上了返回深圳的航班。

爱情中，我们都是奋不顾身的，而爱情中，我们也都是胆小的。年轻的时候，什么都没有，有的只是那骄傲的自尊。如果可以，请再勇敢一点，如果可以重新来过，或许结局会不一样。

回家的路上，霓虹灯把夜晚照得像黄昏。我看到了一个立在灯下的少年，手捧一杯温暖的奶茶，送给眼前他心爱的女孩。

女孩接过奶茶，踮起脚尖，轻轻吻男孩的脸颊，对他说：“我们再也不要分开。”

订婚那天，我们一起失恋

1.

“林峰让我和他10月份结婚。”接起来钟林的电话，她的第一句话。

那是去年的夏天，刚和老公拍完婚纱照准备着11月份的婚礼。站在公司大楼前的紫藤萝架下，我就兴奋了几秒钟，转念一想立刻感觉到她语气并没有其他被求婚女孩的兴奋感。

“他求婚啦？！怎么求婚的？10月份结婚这就剩下不到几个月了。”

“哎呀，哪儿有求婚啊，简直是命令！”钟林的语气中有一丝怨怼，“他妈妈前几天去旅游不知道听了哪个路边算命的讲，说有大灾，必须赶在10月份前冲喜。所以他妈为了冲喜，让我俩结婚！”

“林峰就这么把原话转达给你的？”我心想坏了，这个傻林峰，你冲喜就冲喜，你还真傻乎乎地告诉钟林。

“对啊！我都要气死了，我跟他说不可能，我还不想这么早结婚。林峰就生气了，就说我俩反正早晚要结婚，他妈为这事儿，经常哭，家里人给施加压力。我越听越生气，跟他说总之我不结婚！”

我知道她的脾气上来了。心里暗暗骂林峰，在一起这么多年了还不知道这臭丫头倔起来是什么样子吗，非往枪口上撞！真要结婚，求婚不就得了，把冲喜这事儿隐瞒掉呗，傻瓜……

2.

钟林和我。我们是大学认识的闺蜜。我是舞蹈队，她在歌唱队。1.7米的身高，不到100斤的体重，第一次见到她觉得她很像桂纶镁，精致的五官，清秀中透着灵气，又有一丝的距离感。不认识她的人一定觉得她很清高，认识她的，知道她是个女神经病。

她和林峰的故事开始于我们大三的那年，我当时还是校文艺部部长，她是校学习部部长。

微微预感到她喜欢林峰是有一次，我从学生会办公室出来，发现她双手交叉放在胸前，一副兴师问罪的样子站在一棵树下，絮叨着一个有些羞涩的男生。

我问她怎么了，她叽里呱啦说了一堆，细节我不记得了，只记得是因为她的副部长林峰的原因害她丢了钱。她说她要气死了，可我从她眼中一点看不出愠怒，反而有一闪而过的娇嗔。林峰站在她对面，也不还嘴，也不走，就是在那里淡淡地羞涩地笑着。

“哎呀！你看他！你看他！我看到他这一副表情我就更来气！”

“那让他赔你？”我逗她。

“我不要！”

“那你要怎么办？”

“我不知道！”

“哈哈，那你慢慢骂，我要去拿个东西。”说完我就走了。等我一个多小时后回来的时候，我发现他俩还在那棵树下，钟林换成手叉腰，依然叨叨个不停。

我没有去打扰他们，我知道，这小丫头陷进去了。

又过了很久，有一天晚上，寝室已经锁门，钟林告诉我他们俩在一起了。我一点也不意外，勒令她立刻交代细节。因为不在一栋寝室楼，我们便褒起了电话粥。

钟林作为部长，组织部门里的副部长干事们十来个人到附近的城市旅游，那一天大家很高兴，一堆人喝得烂醉在房间里做游戏，有人开玩笑讲钟林和林峰很般配，林峰却一脸严肃让对方不要乱讲。

钟林表面上嘻嘻哈哈，心里却不是滋味，知道是自己自作多情了。

林峰的一个高中同学也是我们大学同学，大一时候喜欢过钟林。林峰为了两人不尴尬，所以此后尽量和钟林保持距离。

回来后她心情总也闷闷的，而且她发现林峰好像有意无意地在躲避她，平时工作时候还要当作没事，心里就觉得万分苦涩。

这丫头有一句话被我记了八九年“喝十三瓶但求一吐”。话说这小丫头有一次喝了十几瓶啤酒竟然吐不出来，回到寝室哼哼唧唧睡到了床下的桌子上，半夜醒来披头散发晃晃悠悠地往床上爬，差点没把半夜解手的睡对头的姑娘吓个半死。

钟林心中烦闷，拉着部门里一个女孩跑去吃饭，吃着吃着喝了起来。钟林喝多了，就是不回寝室，嘴里一直问：“我就是喜欢他怎么了，被我喜欢就这么不痛快吗？我就是喜欢他怎么了……”那女孩心里也是透亮的人，给林峰打了通电话，林峰就匆匆赶来。她们回寝室楼的路上，钟林看到了他，趁着酒劲大喊他的名字，林峰站在路边沉着脸看着她，微微有些愠怒：“你先回去，她交给我吧。”林峰遣走了那女孩，再不说话，就那样看着钟林。

“我问你，你干吗躲着我！我就是喜欢你林峰，怎么了？我就是喜欢你怎么了！”钟林借着酒劲破口而出，眼泪就流了下来，反反复复就是那句“我就喜欢你怎么了”！

忽而林峰伸出一只手，揽住钟林的头，将她摁进胸口，扣在怀里。

“我去！”我听得血脉贲张，“太特么帅了！你俩演电视啊？”

从那以后他俩就成了朋友中的模范，大四我备战考研，钟林无聊，觉得我们都去考研没人陪她玩，所以她也干脆准备考法学硕士陪我们。

结果，只有她一个人考上了，到重庆去读研。

毕业后因为父母的原因，林峰去了上海陪家人。时不时他都会跑到重庆看钟林，俩人穿着情侣装穿梭在重庆的街道，吃各种小吃，然后各种在人人网、QQ空间、微博上晒幸福。

我们时不时还会煲电话粥，听到她骂林峰是大闷骚，还说其实不是表面上看的那样她欺负林峰，实际上林峰最会欺负人，各种吐槽林峰的不靠谱，把我笑得半死，讲这些的时候满满的都是幸福，我知道电话那头她一直在神采飞扬地笑。

总有这样的女孩，表面上看起来嘻嘻哈哈很爱欺负人，但其实她们内心比谁都温柔、都要深情。我觉得她爱林峰爱得痴迷。

3.

硕士毕业后，钟林追随林峰到了上海，进入到一家律师事务所。

我觉得他们结婚只是时间的问题，有时我俩见面的时候，林峰会送她过来，我会取笑他："交接仪式完毕，放心，你媳妇一定完璧归赵啊！"

2014年新年我和老公订了婚，婚礼定在11月，然后我就开始忙碌的筹备婚礼的过程，直到那年夏天，接到了钟林的电话讲林峰要和她10月份结婚。

我有些发蒙："我去，搞了半天，你比我早嫁啊？"电光石火间，我已经开始盘算伴娘应该让谁来替代。

"反正你俩也要结婚的，早晚的事儿。结呗！"

"我不，我现在还不想结婚呢。林峰为这事儿都和我冷战好久了，憋得我内伤。”

……

挂掉电话，我就给林峰拨去电话调解。林峰并不是因为妈妈的事儿真的和钟林生气，他只是不明白既然两个人都在一起这么久了，早结婚晚结婚又有什么不同呢？因为冲喜也可以同时因为相爱，一定要区分得那么清楚么。

我原本还想着要不要坐高铁去看她，而后几天却再没接到钟林电话，一定是林峰几句话一哄，她就屁颠屁颠和人家和好了。

再接到她电话的时候，她告诉我两家人见面谈婚事的细节。

钟林说服了父母，冲喜就冲喜吧，可没想到林峰家长见面第一句话就是他们必须什么时候结婚，结婚的酒店，他们都订好了。而后再没说别的。

我很世俗地问她：“彩礼呢？房子呢？你们结婚住哪儿？”

“都没有，他家人说老家有房子，不买房子了，也没提彩礼什么的事儿，只说了结婚的日期必须在几号几号。”

“那怎么行？”

“这不是关键，我不在乎房子彩礼，我和他是平等的，我们可以自己赚钱，我爸妈也同意出钱给我们买房子。只是他家人的态度让我爸妈很受不了，一直说他妈不能出事。我爸妈觉得这不是两家人其乐融融谈儿女婚事该有的，他们只是来被通知一下自己女儿结婚的日期。”

随后两家人不欢而散，钟林爸爸讲下次请他们到家里玩，那时候再好好讲儿女的婚事。

第二次见面，钟林爸爸做东，请林峰家人到温泉山庄做客，林峰姑姑带着孩子和相机陪着他们一家人到了钟林家的城市，晚上两家人坐在一起，没想到他姑姑劈头盖脸上来就对钟林妈妈讲道：“我家人对你们家钟林好不好她自己心里清楚，钟林，你妈不知道你还不知道吗？我嫂子要是真有个三长两短，你负得起责任吗？……”

全程钟林的妈妈气得脸色发白，默默撇过头去流眼泪。还是不欢而散。

走之前，林峰对钟林讲：“这次是我姑姑说话不合适，你们这边有什么规矩，下次来按照你们的习俗来。”

而后，他就再没联系过她，就突然从她的世界消失了。而我知道这个消息的时候，已经是林峰离开她一个多月以后的时间。我原本以为她会第一时间告诉我，可很多时候往往都如此，闹得最凶的，往往都分不开。而真正要分开的时候，已经没有力量去折磨、去抓狂，两人的感情，就终于轰塌化成粉末，安安静静被吹散在岁月中，悄无声息。

后来钟林对我讲：“其实有时候我有些后悔，如果一开始说结婚，我不那么抗拒，开始就同意，冲喜就冲喜，也没什么的。我会不会比现在幸福。”

我们都认为他们两个是绝对不会分开的情侣，可人生就是这样，以为不会分开的，分开了，以为永远会在自己身边的，一个转身就搞丢了。你最用力爱过的人，最终却没有留在你的身边。

4.

一年后，钟林准备搬离上海她租的房子，换到另一个离公司近点的地方。

搬家前的晚上，她翻出了他的衬衫。她下意识地将衣服捧在脸上，凑上去闻闻，想看看还有没有他的味道。

一年多了，感觉有一生一世那么漫长。他应该已经开始新的生活了吧。又或者他已经结婚了？他有没有离开上海回到S城？

没有她横亘在他和父母中间，钟林想林峰一定过得比以前好。

“终于啊，我要离开你住过的房子，或许就此我们将再没有任何瓜葛。”钟林这么想着，转而又自嘲道：“他当初那么决绝，我还念念不忘。”

这时候她的手机响了，看到内容，钟林只觉得脑子一脸空白。

“林林，我是林峰的小姨，曾经给你打过电话。你们分开已经一年了，不知你是否已经找到称心的对象，看着林峰一年来痛苦却又不愿意表露的倔强，心里也十分不忍。家里人总认为时间长了也就慢慢地淡忘了，直到前天我看到他微信里发了一首五月天的生日快乐，正好今天我姐打电话，我故意问了她你的生日，我姐说你的生日是7月10号，我就更加肯定了我的猜测，那是在默默地为你送上生日祝福。既然明明深爱着，却要把自己的心隐埋得那么深，我真的弄不明白你们，也不知道这个短信发出去会不会影响到你平静的生活。去年去给你们算结婚的日期是我陪我姐去的，看着我姐心里痛苦，我也有一种负罪感。如果能帮到你们，我也会轻松一些，如果打扰了你，也请你原谅。”

她转发给了我。

“你准备回吗？”我问她。

“我不知道怎么回。”

我真喜欢她小姨这种性格，可我们心里都知道，一切都回不去了，这种善意的冲动，只让我心里更加遗憾。

我安慰她：“你知道也好啊，知道他还惦记你，也不枉费你这几年的感情。”

可她的回答却出乎我的意料。

“不，我一点都不高兴，我和他分手就希望他过上他想要的生活。他那么善良，现在知道他过得不好，我一点也不开心！我不希望他还惦记着我！这样，我只会更放不下。”

“你俩又不能和好，你再惦记着他，这不是个死胡同吗？我真的不想啰唆你，可我们都不是玩得起的年纪了。你别以为我不知道，什么小美国、小鲜肉，你就是跟他们打发时间！没一个你能动心的！”

她说：“是，所以以后我也不会再浪费时间了。”

“你别跟我说你还忘不了他！”

“忘得了忘不了又有什么区别呢？我们回不去了。”

在那之后，我和钟林聊天时候不再提起林峰。直到1个月后，微博私信收到了林峰的消息，短短一句话。

她还好吗？

钟林还好吗？我不知道，一孕傻三年的我竟然截图给了她。发过去后我就后悔。

钟林的反应淡淡的，可我知道，她一定自己又偷偷难过得要死！

她好吗？

挺好的，小日子依然过得很滋润，有自己的时间和生活，离开他以后的上海多少还是会遇到能够温暖她的人，她也会时不时出国旅游散个心。马上还有一份几十万的年薪在前面等着她。

可她真的好吗？

她的心里有一个空白，这个空白几乎吞噬掉她所有一个人的快乐。她不敢去想念，却时时都想起。她看起来没心没肺，可却比谁都一往情深。那个人从她身边离开，可从来没有搬离她的心里。失去他以后，她所拥有的都失去了颜色，也都让人提不起劲来。

当她站在异国风景前，他们在重庆、在上海的画面深深浅浅叠印在她眼前，那风景便失了颜色。

当她完成一天的工作回到家里，这个陌生的城市因为没有他，一切都失去了目标。

其实我不确定那么潇洒的钟林为什么一直不离开上海。肯定不是因为这里的工作、这里的薪水。

我想是因为他还在这里。

即便手机再也收不到你的电话，微信早已经删除。可当她想起两个人都还在同一片天空下，她就满足了吧。

而林峰呢？

其实我早就知道他一定过得不好，可他也是个固执而骄傲的孩子，是他转身离去，他宁可自己挂念死、痛死，也是不会低头的。

可终于，他对她的思念和爱，还是让他想要知道她的消息。

我们可以不在一起，可我还是会悄悄爱你。

即便你已经离我而去，我心里的那片空虚，让我不停地搜寻和你有关的消息，你的每一篇微博、每一个消息和我们曾经的种种回忆。

莫奈看见了逆光，凡·高看见了向日葵，卡帕齐奥，忽然看见了远处走动的人。而我看见了你……

我一直期待着，期待着有一天接到钟林的电话，她激动而又神秘地问我："你猜我打电话要告诉你什么？我和林峰和好啦！"而后，我再威逼利诱，让她交代俩人是怎么神不知鬼不觉地又"勾搭"上的。可我终于，还是没有等到这个电话。

搬家的那一晚她做了个梦，梦里他牵着她的手，他们像从前一样，穿着情侣衫走在重庆的街道上，哼着五月天的歌，放肆地笑着……醒来后发现是一场梦，她终于忍不住，放开胸怀，在上海清冷的深夜痛哭流涕。

爱情里没有傻女人

1.

看到微信里的那篇负面稿子的时候，许卿觉得自己的耳边响起了刺耳的轰鸣。她越往后面看，手指颤抖得越厉害。并不怕完全造假的稿子，最怕这种真假参半，用真实的小问题做引子，而后杜撰一些情节泼污水，她知道刘辛很擅长。

文章里指名道姓，将许多不是许卿说过的话，强加在她的身上。

领导的电话立刻追了过来，声音已经气得有些发抖："你家刘辛这是什么意思？"

"领导，我和他已经离婚了。"

许卿一上午都在被各种媒体轰炸着，现在是个人都可以开账号称自己为"媒体"，再加上煽动性的话语，一篇负面出来要挟被

“曝光者”给的“封口费”可以十万几十万不等。

刘辛自己创办了公众号，第一篇稿子一出来就拿许卿做负面，一鸣惊人。

许卿启动紧急应急公关，一边准备澄清稿件，一边联系自己的媒体资源。许卿觉得自己的呼吸都变得粗重。手下的员工一上午都躲她远远的。

她一直没有联系刘辛。

到了中午，刘辛将文章微信发给了许卿。

“看到了。”许卿说。

“你明白我要什么。”

“见面说吧。”

2.

刘辛和许卿刚认识的时候，他还是报社的记者，许卿是公司负责媒体的专员。因为工作的关系，两人经常联系，加上都是职场新人，彼此都有些惺惺相惜。

一次外地考察旅行当中，刘辛和许卿晚上一起吃饭散步，刘辛在湖畔餐厅跟许卿表了白，两人成为了男女朋友，又结了婚。

刘辛很有才气，文章写得酣畅淋漓，洋洋洒洒。许卿有些文艺的情调，刚工作的时候也还会写写豆瓣和博客。刚恋爱的时候刘辛对许卿千依百顺，照顾有加，随着两人同居的开始，许卿却发现两人在关系之中的角色在逐渐转变。

刘辛骨子里的大男子主义在亲密关系之中，格外显眼，许卿出色的工作表现逐渐令刘辛心中多少有些不痛快的情绪。沟通逐渐变得困难，刘辛在关系中绝对的主导的心理需求越来越明显，许卿开始还能够迁就，一直在让步。

她曾经以为爱情就是要为对方牺牲自己，可她忘记，在爱情中也要保持自我，完全而彻底地自我毁灭，一定唤不回另一半的愧疚和爱情，只会让对方变本加厉。

刘辛的身体里似乎住着两个人格，一个浪漫多情，一个刻薄尖酸。仿佛所有赞美的言辞都在结婚之前用完了，婚后刘辛对许卿永远是一副凌驾在上的蔑视感，无论许卿说什么、做什么，都会被刘辛嗤之以鼻，恶言相向。

每当许卿忍无可忍的时候，刘辛又会软下来祈求许卿原谅自己无意的伤害，有时候甚至会泪流满面，他一边哭一边说："我知道我自己有很多毛病，可是我觉得离开你我就再也遇不到像你对我这么好的人了。"

每当此时，许卿就会心软，毕竟多年的青春年华，分手以后不晓得能不能遇到更好的。而刘辛每次认错的态度太过诚恳，诚恳到许卿认为每次都是最后一次。

循环往复，许卿觉得自己的灵魂在一点一点地被吞噬榨干，一点点被刘辛敲碎，碾成粉末。

刘辛和报社的同事一起外出采访了一段时间，许卿第六感告诉她，不仅仅是沟通方式，这次就连他们的感情也出现了问题。

刘辛回来以后，许卿趁他洗澡的时候拿出他的手机，手机里面的微信全部都来自于另一个女人，看样子这女人是外地的一个报社记者，两人应当是通过采访同一个报道认识的。手机里的微信，多半是在分别的火车上发送的。

许卿又翻看刘辛的单反，除了采访的素材照片以外，大多是同一个女人的抓拍。

刘辛洗澡出来，许卿当作若无其事的样子。很淡然地问他这次采访如何。刘辛说没什么："怪累的，我想睡觉。"说着拿着手机走向卧室。

抓出轨的女人就像侦探一样，嗅觉和各种逻辑思维越发地清晰起来，许卿将女人的微信号记下，查找到微信，朋友圈里晒着普通的工作微信。

刘辛睡着以后，许卿将刘辛手机拿出比照了一下朋友圈，果然设置分组给刘辛的内容不一样——"一个人太久了，需要点温暖。"然后附上自己的自拍。刘辛在上面点了赞。

刘辛对女人很殷勤，嘘寒问暖，满心心疼，颇有当年追求自己时候的殷勤态度。女人言辞有些高冷，但回的频率一点也不低。

"我新买的行李箱刮花了一点，感觉好心疼。""我身边有个猥琐大叔，有点烦人。"……

"不能在你身边陪你，心里只能干着急。"刘辛给女人发道。

女人回复了一个微笑的表情："那你可以来看我。"

……

许卿往下翻着记录："我满脑子都在惦记你，工作都没有办法正常进行了。要不然我过几天去看你好吗？”

许卿的心凉了半截，她等着看刘辛准备如何在自己面前演戏，而后去找她。许卿只觉得手脚冰冷，像是跌进了千年寒冰当中，身体的血液似乎都凝固了。她将所有的聊天记录截图发给自己。

许卿找到女人的手机号码，默默记下。她知道刘辛的老密码，于是修改了刘辛的微信密码，再用新密码登录。

那一晚上许卿辗转难眠，她究竟应该怎么做，对方知不知道刘辛已婚，自己要不要直接联系她。可什么证据都还没有，联系了又说什么呢？

她看看身边熟睡的刘辛，心中五味杂陈，她很恨他，但这又像是一场战役，她必须要赢。

第二天清晨，许卿用刘辛的身份证买了一个新的手机号码，又用同事的身份证买了另一个手机号码。

许卿分别注册了两个微信。分别复制了刘辛和那女人的微信头像和内容。

我不要的东西，你们也不能轻易地就得到手里。揉碎了、踩烂了，让你们也要懂得付出代价。

3.

她观察了一段时间，发现两人联系只是通过微信，她半夜拿着刘辛的手机，登录网络查了一下通话记录，发现他们通话并不多。

刘辛并没有去找她，但微信联络一直热乎。从恋爱到结婚，许卿从来不动刘辛的手机，这让刘辛很放松没有什么戒备。

要伪造一个刘辛的微信号很简单，许卿养了一段时间刘辛的“假号”，定期发一些状态和刘辛的照片。

许卿和刘辛买的房子是个小三房，两人一起拿的首付，月供挂在刘辛的名下，但是许卿每月在还。城市里的购房限购令下来了，原家庭名下有房的首付要提高，许卿拉着刘辛去看房，说准备抄底再入手一套，不如两人办个离婚，买完后再复婚。

刘辛有些犹豫，许卿说：“房子归你，怕什么。”

房子给刘辛，存款和车子给许卿。

许卿先是将女人的手机号码在刘辛手机里改了一个数字，而后将正确的手机号码在刘辛手机里设置成为黑名单，她决定切断他们的联系通路。

许卿晚上用刘辛的微信联系对方，说自己要换手机号，而后将自己买的新号码发送给对方，又将新的微信号推送给对方。

成功加上好友以后，许卿将女人的微信直接从刘辛的微信里删除，换成自己养的第三者的假微信。

女人最懂人心，尤其是遭受挑战和背叛的女人。

忽冷忽热，若即若离，最催人意志。许卿时不时会在养的第三者朋友圈里晒一些有指向性的话，对刘辛冷淡的时候，就配一张酒吧的图片或者晒一张汽车副驾驶的图片。让刘辛以为她还有别的恋爱对象。

这让刘辛抓狂不已，远远地她都能嗅到刘辛的不安。

许卿租了一个新的住宿地点，连着请了几天的假，白天刘辛不在家的时候，许卿就一点一点将自己的衣物用度慢慢搬到新的住处去。

刘辛有些洁癖，自己的衣物和许卿的衣物鞋子向来区分得很鲜明，各自一个衣柜，所以许卿搬走自己的东西，他几乎毫无察觉。

财产和行李转移完毕后，许卿准备摊牌了。摊牌前，许卿微信给女人："一直没有告诉你，我结婚了，有老婆。"

许卿并没有告诉刘辛，他手机上的微信是自己。她将两人前后聊天的记录甩到刘辛面前说："我联系过她了，这是她发给我的。你有什么想解释的吗？"

"我对孙璐什么也不是，就是玩玩而已。老婆，你不会当真吧。她怎么能和你比呢，就是一个送上门来的不要脸的女人，我也没怎么样她，就是想着以后还能从她那里套点新闻。"

"是吗？"

"是啊。"

许卿手指一松，方才刘辛的话作为语音发送出去。

"刘辛，其实在婚姻之中，我们并不合适。我最初喜欢你的细腻浪漫，可后来我发觉你的情感实在太丰富，你这样暧昧，应该不是第一次了。你很爱自己，但是你也太爱自己了。不知道从什么时候开始，我在你面前已经不是我了。所有我曾经觉得自信的、好的、阳光的，都被你打压、贬损、出言伤害。我们结婚没有多久，就发生这样的事情，未来几十年的人生，还有太多的考验。我对你，没有信心。"

说完，许卿收到女人回复的微信："你什么意思？"

"意思就是，玩玩而已，何必当真。我有老婆，她发现了。"许卿回道。

"刘辛，你以为你是谁。"对方回复。

"玩腻了，这样吧。"许卿写。

她抬起头对刘辛说："当年买房子我拿的钱，这么多年贷款也是我月月在还，咱俩离婚分给我的存款刚刚好还我这笔钱。房子留给你，我也算仁至义尽。多的我一分没拿，少的你也别想欠着我的。咱俩两清。"

许卿站起身来："哦，对了，房子每月贷款大概要还1万块钱，你那点工资每月也就能省下两三千，悠着点花。"

4.

两人在咖啡店见面——这里曾经是他们恋爱时候约会经常来的地方。许卿将手机握在手中，环臂靠在座椅上。

"你什么意思？"许卿问。

"我只是情感寂寞而已。你工作那么忙，已经很少顾及我的心理感受。"

许卿不想听刘辛废话："辛舍爆料是你的公众账号？"

"报社收入太低，我准备转行做自媒体了。"

"那篇文章也是你写的吧？"

“我本意并不是要害你。我只是希望你能回到我身边。”

“文章里面80%的内容都是杜撰和栽赃，你这么不负责任地把这些杜撰的狂妄言论放在我的名下，合适嘛？”

“不这么写，你会来见我吗？”

“所以你自己也承认这是一篇恶意的负面稿件了？假如我不同意复合呢。”

刘辛愣了一下：“那我不排除会继续写下去的可能。许卿，我真的很后悔，我也从来没想过要和那个女的发展什么。我就是偶尔意志不坚定，我本来以为我们自己过段时间自然就淡了，就不会联系了，没想到你反应会这么大。我知道只有你是适合结婚过日子的人，我不能没有你的。”

“刘辛，假如你能够好好沉下去做自媒体，写有内容有价值的稿子，你一样可以成功。我知道你有这个实力。但我们的婚姻，不仅仅是一个暧昧的人的原因，还是你我之间，已经不可能。你太爱你自己了，爱到侵占了我无数的空间和自我，你也太容易原谅你自己。我今天来，很需要勇气，我要把自己的家丑扒给别人看，但我真的不怕别人看我笑话，我已经决定向前走了。刚才我已经全程录像。我回去和我领导也会有个交代。稿子一小时内删除，不然你知道结果。”许卿站起身来，“刘辛，我一直都不傻，而是我心甘情愿相信你，在你面前做个傻女人而已，是你太自作聪明，不懂得珍惜。”

刘辛一脸震惊，坐在位置上说不出话来，永远被许卿甩在了身后。

在爱情里并没有真正的傻女人，只不过女人都很容易相信自己遇到的是独一无二的别致爱情，自己托付的是世界上最忠诚的男人。一旦信任如流星陨落，女人内心情感的爆炸和心灵的顿悟，足以让神经微细超越任何时刻。

事情完结以后，许卿得到了一次去外地发展的机会，新城市就职以前她给自己半个月的旅行长假，或许下一段感情里她还会心甘情愿做一个傻女人，但至少是不再错付的那个人。

爱的时差

可乐仿佛是薯条的小尾巴，我们都知道可乐喜欢薯条，从上学的时候开始。一个女孩子家家倒追男生，在那个时候多少还是让人有些难为情。曾经的审美流行过很久那种有些矫情的矜持。

可乐是她的绰号，自从喜欢上薯条以后她命令身边所有的人都要这样叫她。因为薯条和可乐是一对，仿佛是在昭告天下，她对薯条的所有权。

我们问可乐为什么喜欢上薯条的，她说那是个暴雨天，她下课以后在屋檐下躲雨。远处响起了男生的呼号声，一个男孩骑着自行车在雨中狂奔，他全身上下被雨水淋湿，然后在雨中一边大声招呼其他的朋友，一边飞快地消失在雨中。

可乐怀抱着书愣愣地站在屋檐底下，男孩的衬衫真白，白得仿佛世界上只有这一种光芒。我们从没有见过可乐那样喜欢一个人。

她从来都是乖巧的，可自从喜欢上了薯条，仿佛她所有的勇气都被解开封印一般。

可乐打听到他叫薯条，于是在第二个周五下课的晚上，可乐手捧一包薯条站在他的班门外，只为和他成为朋友。

可乐陪着薯条打球，陪着他在学校的餐厅吃饭，陪着她跟同学一起去网吧打游戏。大家取笑他俩的时候，薯条会故作深沉地用胳膊驾着可乐的脖子说："我就像他哥一样，她还是个小屁孩。"

"谁是小屁孩，我和你一样大。大到我可以做你女朋友。"可乐总会不满地抗议。

"去去去，"薯条揉揉她的头发，"好好读书。"

薯条父母离婚的那段时间，他不怎么回家，可乐一直跟在薯条的身后。他苦涩地笑笑："你老跟着我干吗，我又不会死。只不过不想回家而已。他们也不吵架，就是家里的气氛太冰冷了。"

一天晚上薯条忽然要请大家吃饭，吃饭的时候，薯条一直喝酒，然后他一边哭一边笑："我爸妈终于离婚了。"可乐在一边，他哭陪着他哭，他笑陪着他笑。

"傻瓜，我哭你哭什么？"

"我哭我的，你管我。"可乐说着拿起薯条的酒杯一饮而尽。

朋友们看到慌忙劝她说："女孩子不要喝酒，你醉醺醺地回家了，你爸妈会担心的。"

可乐被酒呛得流泪："老天，这么难喝的东西，有什么好喝的啊。"

薯条看着可乐说："好了，你不用担心我喝多，就你的酒量，喝不完我杯子里面的酒自己就倒了。我不喝了就是了。”

可乐每过一段时间就会对薯条说：“薯条，我喜欢你，你准备什么时候也喜欢我啊？”

“别闹了。走，哥请你喝奶茶去。”

“奶茶？你不是从来不喝奶茶的吗？”

薯条从来不爱喝奶茶，可他喜欢的姑娘喜欢喝奶茶。当可乐看到薯条望着女孩的眼神的时候，她就什么都明白了。

“可乐，你说哥给你找个嫂子怎么样？”

“你不是要我好好学习么，你也应该好好学习。”

“你看她穿裙子留长发，是不是很可爱呢。”

“不喝了，我们去吃麻辣烫吧。”

“你说，她会喜欢我吗。”

“不会，因为你长得丑。”可乐赌气说道，说完她转身跑开了。薯条没有追上来，可乐一边哭一边往回走，走着走着，脚步越来越慢，她拿出包里的纸巾擦干眼泪，还是不争气地回过头去找他。

女孩叫番茄，她做了薯条的女朋友。可乐还是跟在他们两人的身边，她舍不得薯条。薯条和番茄学会了吸烟，可乐于是每天当着薯条的面也吸烟，脸上的泪水分不清是被熏的，还是自己流下来的。

“你不要吸烟了。”一天下午薯条摁着可乐的手。

“番茄可以，为什么我不可以。”

“谁都可以，你就是不行！”

“那除非，你也不再吸烟。”她仰着头，迎着他的目光，天光散落在她的眸子里像萤火虫在飞舞。

“好。”薯条说着。

那是番茄和薯条恋爱以后的第一个圣诞节，可乐兴奋地问薯条：“圣诞节怎么过？”

薯条说：“可乐，圣诞节番茄想，想和我单独过。”

可乐眼中的火花倏地熄灭，她说：“哦，我知道。那，那你们要去哪儿吃饭呢？”

圣诞节前可乐拉着同学去商店买衣服，她精心挑了一身红色的毛衣外套，鲜艳的颜色跳进可乐的心里，就像薯条一样让她快乐。

当可乐拉着朋友一起出现在饭店的时候，她朝他们微微一笑，但番茄的脸色瞬间变得铁青。薯条愣了一下，朝着可乐挥挥手，他站起身来准备向可乐走去，却被番茄拉着坐回到位置上去。

可乐一晚上的饭吃得食不知味，番茄时不时给薯条喂饭或者拉他的手，刀一样的眼神向可乐丢来。走的时候，薯条上前来跟可乐打招呼，番茄顺势挽着薯条的手，示威一样地看着她。

可乐放学的时候收到了番茄的短信。当她出现在学校旁边的小巷子的时候，瞬间被几个女孩子包围。

“可乐，你知不知道，惦记别人男朋友是犯贱？”

“我喜欢薯条在你之前，我和他那么多年的友情。你管好你们两个人的事情就好了，你可管不到我的事情。”

“我见过不要脸的，可没有见过你这么不要脸的。”番茄说道。

“呵呵，喜欢上薯条以后，我的脸皮可真的越来越厚了。防冷涂的蜡！”

番茄身边的女孩不由分说一脚踢到了可乐的肚子上，可乐也不示弱扑上去摁在地上一顿反击，气势凶猛，吓得旁边的几个姑娘站在原地，目瞪口呆。

“来啊，我可以豁得出去，你们谁敢动我，你们自己也别想轻易了事儿！”

番茄没有想到可乐如此难缠，正在原地不知所措的时候，薯条暴怒地冲到了可乐的面前。番茄看到薯条出现，更加愤恨难平，扬起手要去打可乐。薯条在中间挡住，可乐趁机向番茄肚子上回踹一脚，番茄捂住肚子顺势躺在地上打起滚来。

番茄流产了。

站在医院的走廊，可乐嘤的一声哭了起来，薯条的声音仿佛是从牙缝中挤出来的：“不是我的。我没碰过她。”

原来番茄不止薯条这一个男朋友。孩子的爸爸是个小混混，占了番茄的便宜。番茄发现自己怀孕以后十分惊慌，就想让薯条背下这一切。没想到两人还没来得及发生什么，事情就败露了。

番茄休了学，有了那样的新闻，她怕是在学校里也没有脸面待下去。可乐的心里五味杂陈，她是在心底讨厌番茄的，可她也从来没有想过害她到如此的境地。可她心里也是侥幸的，假如番茄真的给薯条下套，他会处在如何两难的境地也可以想象。

薯条站在病房外并不进去，可乐提着他手中的水果顶着火辣辣的脸，走了进去。

“我是真的喜欢他。”她说。

“我也喜欢他，”可乐说，“但我把自己最好的都留给他，也从来没想过给他下什么套。我承认，我天天跟着他，是给你们增加了困扰，可我从来没有这么喜欢过一个男生。我从来没想过要破坏你们，我就是想多见见他。”

薯条因此低落了好久，上课跑神，下课就拼命去操场跑步、打球，仿佛不允许自己有一点残留的精力。

可乐还是陪着他，他跑步她跟着跑，跑不动了，就在操场旁边看着他，他打球了她给他送水送毛巾，他不按时吃饭了，她就去餐厅打饭让他寝室同学捎给他。番茄变成了他绝口不提的名字。转眼间大学即将毕业。

“你这么喜欢她么。”

“我不知道。我分不清是生气，还是心痛。总之觉得胸口很堵。”

那天可乐穿起了平安夜的红色衣服，将头发盘起：“不如，我们在一起吧，薯条。”

薯条失神地看看她：“不，可乐。这样对你不公平。我不能为了疗伤而用你当替代品。我不想伤害你。”

“我等你。你去哪个城市，我就也去哪个城市。你留下，我就跟着留下。”

薯条摸摸可乐的头发：“可乐，你是个好姑娘。但我并不确定我是不是一个好男人。”

毕业以后，可乐随着薯条留下没有去别的城市。可乐工作上进，很快晋升为小组主管，薯条进了一家贸易公司，经常来回跑业务。谈生意的时候，薯条会带着客户到一些特殊的娱乐场子，可乐知道以后就开着车去接他，给他带上醒酒药，第二天上楼为他煮番茄鸡蛋面。

薯条从来不碰她，拉手都一次没有过。可乐本以为就这样守着他，或许他们自然而然就会走到一起。直到番茄再次出现。

可乐开车去找薯条的时候，看着他们相拥在一起哭泣。那天下了很大的雨，可乐的心里一片潮湿。她在城市里漫无目的地开车，跑到渺无人迹的地方痛哭流涕。她在车里躺了一整夜，也想了一整夜。

“然而心底总是有爱的。可以爱，却没法靠近，可以爱，却不在身边。

“在我的微笑下，是一颗流泪的心情。我欢快的身影，隐藏着最深的无奈。有情感、有在意、有期盼、有心痛，却不忍心。不忍心我的爱羁绊了你前行，不忍心我的伤心拥堵你的心情。我会插上翅膀飞，抛下所有的心痛和回忆，在今日看来沉重的种种。你看到的是我明媚的笑容，可我，也已经远离。

“假如有一天，我退出了你的生活，那么亲爱的，那一定是我不愿意的。然而，你拥有那么美好的生活，我也会朝着我梦中的彩虹奔去。我们终于在这匆匆的尘世各奔东西。

“可当你回想起我，那一日一定有明媚的阳光，而那时的我，有长长的头发，明媚的笑容，和那样深深地爱过你。”

可乐用手机在空间里敲下这些文字，然后她踏着黎明的微光向城市驶去。

那天开始可乐再没找薯条，她将薯条家的钥匙放在了门口的地毯下面。搬离了他们住的小区。薯条找不到她，问她：“去哪儿了，为什么忽然搬家了？”

“我看到你们那天拥抱在一起了。或者我这么多年以来的一厢情愿终于该到头了。好好生活吧薯条，我不想再困扰你。这么多年围着你打转，我等不起你了，我想我该梦醒了。我走了薯条，别找我。结婚的时候记得请我，包你一个大红包！”

“好。”

回到家里的薯条，觉得心里无限的空荡，番茄打来电话问晚上去哪儿吃，薯条说：“吃面吧，我想吃番茄鸡蛋面了。”可真吃到面的时候，感觉味道却异常的苦涩。

当可乐全面撤离的时候，他才发觉心底空落落的。没有小尾巴时不时地问他干吗呢，没有她大老远跑来接自己，没有她清晨叫起床的番茄鸡蛋面，更看不到她的笑脸了。

他觉得心底生出了一个洞，本以为随着时间的逝去，洞会慢慢填满。但没想到心底的挂念就像烛火燃烧白纸，破洞越来越大，几乎吞噬了他所有的快乐。他看到可乐空间里的文字，感觉心被搅碎。

可乐的喜帖先于薯条到了他的手机里。

可乐没有想到薯条第一次等她下班竟然是在她即将结婚的时候。薯条有些局促，见到可乐他又有些开心。他们回到了大学的操场，肩并肩走着。有些秋雨一丝一丝从空中飘摇下来，落在脸上轻轻的，痒痒的。

“你要结婚了。”

“嗯。你还好吗？”

“不太好。可乐，我想我犯下了人生里最大的错误。”

“你和番茄还好吗？”

“我们，早就分手了。在你搬走以后的第二个星期。可乐，我想我是爱你的。”薯条说。

可乐定住了脚步：“所以呢？”

“所以，你愿意和我在一起么？”

可乐惨然一笑：“薯条，我等了你六年，六年的时间，你都去哪儿了？”

“从前我并不懂我自己的内心，你一直在我的身边，我觉得你就像我的影子，永远不会离开我。可我回头看这几年的日子，原来我心底最心疼、最不忍伤害的，一直是你。你在我心里是最纯净的人，纯净得让我不想破坏你对我所有美好的想象。”

“我用尽我一生的勇气去爱过你，可能我此生都不会再这样对待一个人了。可是我累了。我曾经为你卑微到尘埃里，你的喜怒哀乐就是我生命的圣旨。我是你的影子，在阳光之下才有我的存在，没有你或许就没有我。可原来薯条和可乐并不般配，你看，我们连相爱的时间，都不默契。我们连爱上彼此，都仿佛在世界的两端，存在时差。”

希望揉碎在薯条的眼里，他的眼里的哀伤几乎将自己淹没：“可乐，我知道我做错了。但我不想放手。”

“可我早已经身不由己了，薯条。”

有的人在你心底最深处的地方，每每提起内心就清澈得如同一汪清泉，无论你身处怎样的俗世，她都是你最清澈的角落。

我们都奋不顾身地爱过谁，我们将记忆的绳子结成对方的名字，我们在滂沱大雨中踟蹰前行，一个向东一个向西。我干杯，你随意。我转身，你背影。

我愿意为你漂洋过海，可我醒着，你却睡了。世界上最遥远的距离，并不是生与死，也不是明明相爱却不能相守。而是你爱我的时候，我不懂，而当我发觉不能失去的时候，你早已经消失在茫茫人海。

这世上，没有什么过不去，只有回不去。

蔷薇花开未晓天

1.

清晨的空气潮湿地包裹着皮肤，这几日这里的天气，颇像重庆。她想起那年，伴着友人满重庆地吃火锅，而后与被老天送来的那人，匆匆相聚又分离。

有些人，你永远不知道哪一次是最后一面。

我们都以为来日方长，谁知戏本却给你永恒的悲伤。

蔷薇和谈小林再见面已经是毕业后的第二年，蔷薇到重庆出差顺便见见还在重庆读研究生的谈小林。两人跑到市里面去吃了顿火锅，吃饭的同时还不忘记美美地自拍。

“他几点飞到？”谈小林一边幸福地吃着涮牛肉一边问道。

“估计要晚上十点多了吧。”蔷薇难掩脸上的兴奋，她和王萧天已经快一年没有见了，知道要到重庆出差的时候，蔷薇问他能不能从成都过来，或者自己抽一天时间坐高铁过去。萧天颇为遗憾地告诉她，要飞新疆。

蔷薇于是放弃了希望，就在刚见到谈小林的时候，她接到萧天的电话："我的天哪，我临时不用去新疆出差了。从来没有发生过这样的事情！看来老天要把我送到你哪儿去。"

蔷薇在马路上爆发出兴奋的欢呼声，路人纷纷侧目，如遇疯子。

小林的学校正好距离港区很近，晚饭过后小林陪着蔷薇到学校旁边的酒店开了房间，然后陪蔷薇在校门口的操场上聊天。

"你们就这么一年见一次？"小林问。

"嗯，等我工作有点经验，我们也存点钱我就去成都找他。"

2.

他们曾经深爱过。

情窦初开的年纪，他就走进她的心里。他曾给她最刻骨的想念，最痛彻的眼泪。在那个青春年少的日子，因为瞥见他的身影而窃喜，因为偶尔和他的交集而悸动。

大学的时候，萧天很喜欢踢足球，一天下午萧天和班里同学一起训练准备应付年级比赛，蔷薇碰巧抱着书从旁边经过，球旋转着以完美的弧线越过了球门砸向路边一个姑娘的头。

蔷薇看着球的曲线，手上一松，慌忙抱头，书本散落一地。谁知球越过头顶，背后一声悲鸣。

一身守门员装扮的萧天跑到了蔷薇身边：“同学，你没事吧？”

蔷薇抬起脸来，阳光下筛下一个明亮的影子，干净而清秀。风骨里透着几丝冷傲的气质。她愣了几秒钟，一边说“没事没事，不，不是我……”说着她用手指指身边坐在地上的姑娘，一边抱着书仓皇而逃。

身后，那双疏淡的眼睛蔓延了笑意。许久萧天走过去拿起球，说了句：“抱歉。”就径直回到球场。留着满眼期待的姑娘依旧坐在原地。

蔷薇撑着一脸的平静，内心觉得尴尬又丢人，反复在脑海里回忆有没有不唯美的地方，心底捉摸着方才离开的脚步够不够优雅。走到一半蔷薇放慢了脚步，悄悄回头看去，那个高挑修长的身影，在夕阳下挺拔而专注。

从那天开始，萧天出现在蔷薇的全世界。吃饭的时候，逛操场的时候，上课的时候。

他总会和一群高大帅气的体育生浩荡地出现在每个角落，所到之处群星闪耀，吸引无数女生偷窥。蔷薇则没有那么露骨。她总会目不斜视地找到最近的树木或者凉亭，而后在隐蔽的地方，放肆地欣赏萧天俊逸的容颜和身姿。

学校足球比赛决赛那天，蔷薇在场边紧张地观望，对方前锋跑到了萧天面前，队友一个射球，萧天扑了出去，而对方的前锋也几乎同时腾空，不偏不倚踢到了萧天的脸上。

萧天紧紧地将球抱在怀里，落地缓冲翻滚几圈，趴在地上一会儿。比赛暂停，队友围了上去，蔷薇的心几乎提到了嗓子口，他看着萧天缓缓抬起头来，鼻子上鲜血横流。脸上却依旧冷酷得一脸平静。

他们班的女生活委员哆哆嗦嗦地拿出纸巾递给他，他默然地看一眼，接过来塞进鼻子里继续比赛。

萧天防守几乎滴水不漏，不负众望地得了冠军。结束以后，蔷薇远远看着他，故意磨蹭着不着急离开，想能够趁着萧天也走的时候，最近距离地从他身边经过。

“喂。”

她听到身后有淡淡的声音，很低，但她敏锐的听觉立刻捕捉到仿佛来自宇宙中心的信息。

她有些犹疑地回头，萧天正目不转睛看着她。

她左右看看身边，并不像在叫其他人。

她用手指指自己，脸上挂着大写的问号。

“我鼻子流血了，你身上有纸么？”萧天说。

蔷薇如同中了头彩一般，一边翻包一边回答：“有。”

生活委员举着纸巾的手悬在空中，萧天侧脸看她一眼，仿佛没有看到的样子，依旧双手放在兜里，淡然地看着眼前的姑娘小心地将纸巾递到自己面前。

蔷薇看到萧天旁边生活委员煞白的脸，手僵在了空中，一脸的尴尬。

“谢谢。我是体教萧天。你呢？”

“蔷薇。我是金融学院的。”

他知道那个就是暗恋自己的小姑娘，看着她落荒而逃的样子，嘴角不由得上扬——怎么每次都要逃跑呢，嗯，好像有点顺眼。

几年后的某一天蔷薇回忆起当时的场景，对萧天说道：“当时全场的女生都要心疼死了，我也心疼死了。”

萧天温柔一笑说：“你一个人心疼我就够了。”而后在她额头上轻啄一下。

3.

秋日的傍晚，萧天和朋友约着踢球，在骑着自行车到操场的路上，看见蔷薇抱着一摞书低头走进图书馆。

入秋以后的第一场大雨还带着夏季暴雨的余势，让人猝不及防，明明下午还艳阳高照，秋高气爽，忽而就寒风大作，电闪雷鸣。

图书馆临近关门，几乎已经没有人，走廊吹进的寒风掀起了蔷薇的裙摆，看看手机也自动关机了。从图书馆到寝室还有好长的一段路。蔷薇叹了口气，只能硬着头皮淋雨回去了。

远处忽然有个打着伞的高大身影徐徐走近——竟是萧天。

他的眸子明亮如星，晃眼的闪电都变得暗淡，“没带伞么，我顺路送你回去。”

萧天踢球被天气打断，蔷薇的背影就突突地冲进脑海，这丫头不会没有带伞吧。于是他急匆匆地跑回寝室，拿上雨伞骑车赶到图书馆附近，将自行车放在其他地方。

他不知道蔷薇有没有带伞，也不知道她会不会让朋友送伞或者早就回到寝室了。时间已然快到九点，他想就在门口等等看。无论她在不在。

蔷薇的脸一下子红了起来，站在台阶上有些不知所措，而后她说了声“谢谢。”走到萧天的身边。

“你的衣服，怎么已经湿了？”

“哦，我刚踢完球，出的汗。”

“这样，还是要多谢你。不然我还不知道怎么回去……”天空忽而被闪电划过，地面映着一条银龙。蔷薇本能地躬身捂住一边的耳朵，随即萧天的手，就覆在了她的肩头。

“别怕，远着呢。”他嘴角噙着淡淡的微笑。

蔷薇几乎要晕厥过去，她用左手挡着脸，将脸转向另一侧难掩兴奋地窃喜了几秒，而后恢复淡定的神情，镇定温婉地点点头。萧天拿过蔷薇的手机，输入了自己的号码：“这是我的手机号。明天我和河大的球赛，记得来看。”

“好，一定。”

回到寝室，蔷薇的心情久久不能平静，他身上阳光的气息，手掌坚定而安全的力量，让她有些恍惚的幸福，笑容不经意地蔓延上嘴角。

4.

比赛的时候，蔷薇就抱着膝坐在操场的草地上，看着萧天比赛，他时不时会望向蔷薇的方向对她眨眨眼，微笑一下。

天空的云朵团成粉色棉花糖，暖进蔷薇的心里，融化成一片明媚的秋意。休息的时候，萧天走到她身边，在队友的起哄声中，接过蔷薇手里的水，盘腿坐在她的身边。

从那天起，萧天时常出现在蔷薇的左右，她去看他训练，或者他陪她在学校散步。

蔷薇觉得幸福慢慢靠近自己，她曾经无数次想过，萧天这样性格冷酷的男生会喜欢什么样的女生，被他喜欢一定是一件令人羡慕的事情。

如今，她觉得自己朝着自己羡慕的方向，无限靠近着。

直到那天，那个把蔷薇幻想击得粉碎的下午。

蔷薇从外面回学校的路上，见到同校的校花欣雅和一个陌生男生站在一起，然后萧天就走了过去拉住欣雅的手，欣雅跟那个男人介绍萧天，说是自己的男朋友，萧天并没有否认，而是跟对方微笑握手。

萧天并没有发现蔷薇，欣雅远远地朝她微笑点头。蔷薇觉得整颗心强烈地抽痛，伴着绝望绞在一起，关于萧天和自己点点滴滴的回忆，像一把立在心头的钝锈的刀，割得生疼，汩汩流血。

她用尽全身力气回给欣雅一个若无其事的笑容，转身落荒而逃。

当萧天的名字，在手机上闪烁的时候，蔷薇才体会到什么叫做痛到无法呼吸。她还是那么想要看到每天在心中温习的身影，可他分明已经不再是“她的萧天”。

蔷薇远远看到人群中的萧天，顿住了前行的脚步，一道屏障仿佛矗立在她和他之间，他们近在咫尺，却也远在天涯。

萧天看到飞快转身向别处走去的蔷薇，三步并作两步走上前去。

“蔷薇！”蔷薇离开的背影僵硬了一下，转回身来。神情客套而漠然。

“你在躲着我吗？”

“没有啊，我这几天有点忙，快考试了。”

“我觉得你有些奇怪。”

“萧天，我们以后还是少联系吧。都在一个学校，那样不太好。”

“为什么？”

蔷薇愣在原地答不上话：“你既然有喜欢的人，那你就不应该和其他的女生走得太近，我也有原则和底线的。对不起。”

“我不明白你的意思。”

“萧天，你既然找到女朋友了，我祝福你。抱歉我以前真的自作多情过，误会了你的意思，既然你以为我是你的朋友，其实你应该告诉我的。我先走了，再联络。”

“蔷薇！”萧天快步追着气急败坏的蔷薇，想要拉住她的手腕，“你是不是听到什么或者看到什么了？我没有女朋友！”

蔷薇拼命甩开萧天的手：“她挽着你的胳膊，我都看到了，你为什么要否认？”

“我和她什么都没有，我在帮她！”萧天用力扳回蔷薇的肩膀，“欣雅说他的前任曾经劈腿，现如今又一直纠缠她和好，她没有办法才让我假装她男朋友的！我不喜欢她，我一点也不喜欢她！”

秋风扫过，葡萄架上未黄的叶子迎风摇动。世界瞬间寂静了。

“我……”蔷薇一时语塞。

“蔷薇，我喜欢谁，你不知道么？”

后来每当蔷薇回忆起那个下午，她都会念叨萧天：“当年你告白完，应该给我一个深吻！那多浪漫啊。”

“臭美的你，我怕你扇我。”萧天说。

5.

萧天在蔷薇生日的时候，用一个蛋壳写了“生日快乐”四个字，而后小心捧着它，送到蔷薇的面前，如今许多年过去了，那枚鸡蛋壳，被她用透明胶布悉心保管，还在她家里的柜子中小心地摆放着。可送她的那个人，早在千里之外。

那年薛之谦的《认真的雪》红遍了大街小巷，萧天和蔷薇手牵着手，戴着耳机走在冬季的街道上。萧天从来都让蔷薇走在右手边，然后握住她的左手，放进自己温暖的大衣兜里。

他的手掌很大，手指修长，将蔷薇又软又小的手紧紧握在手心，体寒的蔷薇经常手脚冰冷，但自从有了萧天，冬季便不再那么清冷。

大三的那年，萧天去国外做了一年的交换生。蔷薇买了很多的信纸，写了很多封短小的信，叠成心形，嘱咐萧天一天看一封，就好像自己在身边一样。

萧天走之前，蔷薇拼命地用手机录视频、拍合照，这样在想念他的时候，可以随时拿出来回味。她洗了很多萧天的照片，贴在床头，放在钱包里，摆在桌子上。

那个时候还没有微信，智能手机也才刚刚普及，因为时差的原因，两人更多的是通过QQ留言交流。

有了情侣以后的单身生活，就格外孤单。蔷薇有的时候会在深夜看着视频掉眼泪，可转念一想也就一年的时间，以后还有一辈子呢，又觉得自己很傻很软弱。

大四的那年，萧天回国，蔷薇考上了研究生，萧天陪着蔷薇一起去到S城。两人兴奋地租了一个小两房，原本以为小日子就这么开始了，终于不用再饱受异地恋的煎熬。

可萧天由于大学专业的原因，始终在S城找不到一个合适的工作，要么薪资太低，要么门槛太高。心高气傲的萧天，不甘于这样的起步，他觉得蔷薇那么优秀的姑娘，自己也一定要工作上足够出色，才能给她最好的一切。

萧天在回大学办毕业资料的时候，恰逢C公司招聘，无心插柳的萧天竟然过关斩将顺利进入终面，拿到了Offer。唯一遗憾的是，工作地点在成都。

“这份工作这么难得，你就放心地去吧，我能够照顾好我自己，研究生几年很快就会过去了。反正我对S城也没什么太大感觉，毕业以后，我可以去成都找你。你先稳定几年也很好啊。”蔷薇宽慰着萧天。

“蔷薇，”萧天将她拥入怀中，“对不起，又要和你分开。你是我第一个，也会是我最后一个爱的人。你要明白，我有多么想早日和你形影不离。想到又要留你一个人，我就觉得心疼。你来成都以后，我们就结婚好不好。我们可以养一条小狗，天天跑到床边叫我们起床，你穿着我的衬衣在洒满阳光的房间里蹦来蹦去。我们一起做早餐，一起看电影，一起旅游，再也不分开。”

那是一天的大雨过后，蔷薇和萧天站在教学楼的顶楼的露台上。头顶的天空还有蓝紫色的浓云，西边的落日的余晖染金了稀薄的云彩，勾勒出灿烂的晚霞。雨后的风还有一丝凉意，轻轻地拂过脸庞，吹起长发。

没有了萧天在身边的蔷薇，将所有的时间和精力都投入到学习和导师的项目中，和每一个异地恋的女孩一样，雌雄同体、跟手机谈恋爱。去超市徒手拎两大袋东西回家，抗水抬电动车，生病发烧自己跑去医院输液，节日的时候和萧天边视频边看电视。

研究生快毕业前，经过导师的热心引荐，蔷薇获得了四大行的一份工作。四大行几乎是金融专业学生都梦寐以求的工作所在，那是精英的集聚地，薪水报酬也极具吸引力。

蔷薇有些犹豫，萧天察觉到了蔷薇的心思：“当初你还劝我把握机会，现如今我当然不能够太自私，反正一辈子长着呢，你如果真想进去，可以去试试，先在最优秀的公司积累经验，将来跳槽来成都，也能换个更好的工作，不是么？”

蔷薇很感动萧天的善解人意，于是研究生毕业那年蔷薇成功地进入了四大行，留在了S城工作。四大行的工作强度可想而知，蔷薇几乎成了空中飞人，作为新人蔷薇能吃苦也愿意接更多的项目，于是连周末都成为了稀缺的名词。

无论出差或者在家，蔷薇每天都会和萧天视频聊天，加完班就把电脑对着自己，然后躺在床上看电视，两人各干各的，假装在一个屋檐下，有时候晚上也会开着ipad视频，看着屏幕上的一片漆黑，伴着对方的呼吸声入眠。

彼此出差的间隙，看到美丽的景色，两人都会手机发给彼此。萧天的工作也很忙，请年假始终没有机会，而S城和成都相隔遥远，几年下来，两人几乎一年只能见到一两次面。

到了一定的年纪，你就会发现身边的人忽然一下子都结婚了，有的甚至当上了父母。红包雨纷纷落下，蔷薇经常坐在嘉宾席上感动的泪流满面，她常常想，自己和萧天结婚的时候，她一定要录一个短视频，将两人的爱情故事讲述出来，她想那一天的时候，她一定会泪流满面。

工作越做越顺利，蔷薇的升职很快，快到几乎赶超了萧天的速度。去成都生活这件事，被无限期地推迟，一年又一年，蔷薇几乎已经忘记了萧天的容颜。每次再见面的时候，都有那么几分陌生的气息从爱人的身上发散而来。每次见面，蔷薇都必须强迫自己熟悉他现在脸上的棱角，习惯他手掌的感觉，告诉自己眼前的人自己是喜欢着的。

蔷薇的姥姥那一年忽然病危，蔷薇请假陪家人在医院守在重症监护室之外，每天只有十分钟的时间进去探视，每次一个人。

后来连进都不能进去，只能每天下午隔着重症病房的玻璃看二十分钟，护士会把窗帘拉开，告诉病人你的家属来看了。

蔷薇记得姥姥最后意识清醒时对自己说的话是："蔷薇回来了，我没事，你别担心。"而后就高烧昏迷，神志不清，直到被送进重症监护室。

蔷薇对着电话跟萧天哭泣。

那段时间蔷薇忽然觉得自己已经不再是个孩子了，需要自己为家庭遮风挡雨。伺候病人耗时耗力，蔷薇看着自己妈妈和姨姨轮流在床前伺候，她不禁想将来如果自己父母身体不好的时候呢？

飞机再快，飞得回来吗？一直以来蔷薇刻意不去想的问题，摆在了蔷薇的面前。

蔷薇问萧天："你能回来S城吗？毕竟你家人也在这里。"

萧天说："我恐怕去不了。"

"那如果，我也去不了呢。"

"……"

蔷薇是小林的伴娘，她坐在台下望着小林幸福的笑容，为她高兴得落泪。蔷薇给萧天打电话："萧天，我们先把证领了好不好，我们不管将来谁去谁的城市。好不好？"

"蔷薇，傻丫头，你再等我一年，可以吗？"

6.

分手的那天是蔷薇的生日，萧天回到S城为蔷薇最后一次庆祝生日。他送她走到家门口，好像第二天的清晨，他会像上学那几年来的假期一样，如约在楼下等她。而后他们去河边散散步，再陪他去球场，抱膝坐在草地上看他踢球。

蔷薇知道，这是最后一次了。

她拥抱着萧天泪如雨下，他们平静地道别。萧天说：“我会争取回来的。”

萧天宽厚而熟悉的肩膀，包裹着蔷薇。那久违的温暖让蔷薇悲伤难抑：“假如你回不来呢？”

“找个对你好的人，嫁了吧。”

他最终，没有回来，他留在了成都，她留在了S城。

而那是他们此生最后一次见面。

那些有些笑容的时光，多少是掺杂着心中的泪水，那些放肆的大笑，多少哀伤飞速从心底划过。多少烙印在记忆深处的回忆，肆虐着要将她吞噬。

可是时间就这样，将我们推到残忍的边缘，我无能为力，只能看着你越走越远。

“都说不失恋的男孩永远长不大，以前总天真地以为自己这辈子也不用长大，不管怎么说谢谢你几年来的陪伴，虽然在我印象中三分之二的时间我们都彼此享受异地的煎熬，但对你的爱就像是融到身体里的，一直把你当成是自己身体的一部分。

“28岁了，再也不能像孩子一样，当我认识到自己肩上的责任，未来父亲和未来老公的责任的时候，你不在我身边了，在感情方面我一直是个执着执拗的孩子，身体不自觉地发抖，眼泪在眼眶里转了几圈。

“真正的爱人是那种不需要言语，哪怕一个眼神就能交流的感觉，当一种熟悉的感觉突然从你体内剥离开去，那种痛楚难以言表，我真的太累了，以至于手不能听话地把我所有的心情表达抒发出来。

“这一刻我再也不可以是个孩子一样，像男人一样坚强地活下去，像男人一样去拼搏去努力，直到心死也不能有半点放弃，不然就对不起心爱的女人在心底酝酿了十年的希望，对不起当年她看上你的炙热眼神！

“分手后也没能好好地和你说说，如果我的灵魂可以出窍，我想拜托它到你面前，最后一次捧起你的脸，用心再吻你一次！”

萧天和新女朋友在一起后，一个星期连着三天都梦到蔷薇。他给谈小林发微信：“谢谢你没有删除我。蔷薇还好吗？一周连着三天梦到她，我不知道自己是怎么了。”

萧天生日的时候，在空间里放了蔷薇在家里为他拍的照片，写着：“带着最美好的心情，还是对自己说一句老话：祝我生日快乐。”

一晃照片都已经拍了九年了啊，蔷薇恍然发觉都已经那么久了。可眼前的照片，那么熟悉，深深印在她心里，好像是昨天才拍的一样。那时候他们还是最深情的恋人，大学寒假他来家里找她，坐在她房间的桌子前，低头看着她写给他的信。

她拿起手机，照下他俊秀的剪影。

她没想到，他还留着。

“原来那张照片已经拍了九年了。房间里的摆设依旧，和九年前没什么变化。只是那个房间蔷薇已经不常回去住，就像她曾经为他拍照的那个人，也多年没见了。”

萧天在蔷薇生日那天，和女朋友领了结婚证。他用一种最终极的方式，纪念那个深爱的姑娘，孤独而绝望。

回到旧家，蔷薇翻看这几年来往来的信件，和他送给自己无数的礼物。她点开他们还在一起的时候为萧天录的视频，视频里萧天对着镜头说："别录了，乖，赶紧吃吧。"蔷薇撒娇着说："不嘛，你走了以后我可以看，录个会动的。省的我想你。"

镜头里的萧天笑了，噘起嘴对着镜头亲了一下："傻瓜。"背景里蔷薇哈哈笑着："不录了，饿死了。"画面就静止了。

蔷薇看着看着眼泪就流下来了，她没有想到原来这个视频，即是永别。

"年少的时候，他曾给我造了一个梦，就像童话故事中的骑士和公主。一起上下学，接送我回家，每个节日精心准备的礼物和卡片。让人瞩目的宠爱和专情，每每回忆起那些年，觉得梦幻而美好。谢谢你来过我的生命。感谢你我曾经最好的年华，抱歉我先放了手，抱歉我没陪你走到最后。"

爱情的开始往往彼此都很有勇气，可偏偏时间久了，我们都忘记彼此最初相爱的心意。就那么轻易地说出了分手。

于是从此，我们远远看着，远远地遗憾着。或许终老此生都还会记得彼此最初的模样，那个一起走过人生最美好的几年，曾经许诺永不分离的人。

几年过去，蔷薇已然成为了公司的管理层，在终面的时候，一个刚毕业非常优秀的姑娘，很吸引蔷薇的注意，沟通中姑娘说自己异地恋的男朋友远在西宁。蔷薇问："为什么不考虑去西宁和他一起呢？"

"因为这个工作机会太难得了，我想先提升自己的工作能力。"

“你不怕异地恋会分手吗？”蔷薇问。

“没关系，不会的。”姑娘自信地笑着。

蔷薇的心抽动了一下，仿佛看到了曾经的自己。她点头说：“好。”而后让姑娘通过了终面。

那天下班开车回家的路上，电台里响起了五月天的新歌，蔷薇听着听着，那个人的影子就浮现在脑海中，她的眼眶湿了。

她在车里听完了整首歌，而后她擦干眼泪，整理好妆容，摁亮回家的电梯。

“然后呢

他们说你的心 似乎痊愈了

也开始有个人 为你守护着

我该心安或是 心痛呢？

然后呢

其实我的日子 也还可以呢

除了回忆肆虐 的某些时刻

庆幸还有眼泪 冲淡苦涩

而那些昨日 依然缤纷着 它们都有我 细心收藏着

也许你还记得 也许你都忘了

也不是那么 重要了

只期待 后来的你 能快乐

那就是 后来的我 最想的

后来的我们 依然走着

只是不再并肩了

朝各自的人生 追寻了

无论是 后来故事 怎么了

也要让 后来人生 精彩着

后来的我们 我期待着

泪水中能看到 你真的 自由了

亲爱的

回忆我们共同 走过的曲折

是那些带我们 来到了这一刻

让珍贵的人生 有失有得

用新的幸福 把遗憾包着 就这么朝着 未来前进了

有再多的不舍 也要狠心割舍

别回头看我 亲爱的

后来的我们 我期待着

泪水中能看到 你真的 幸福快乐

在某处 另一个你 留下了

在那里 另一个我 微笑着

另一个我们 还深爱着

代替我们永恒着

如果能这么想 就够了

无论是 后来故事 怎么了

也要让 后来人生 值得

后来的我们 我期待着

泪水中能看到 你真的 自由了”

忽然想起你，我笑了笑自己

许多年后的他才明白，原来那个在夜深人静的时候，反复出现在你脑海深处的人名，才是心底最爱的人。

夜又深了，她洗完澡，擦干全身，然后用吹风机将长发吹干。她关掉家里所有的灯光，赤裸着身体，拿着一把纸扇轻悠悠地扇着，然后站在落地窗前望着远处路上流动的车灯。

手中的扇子是她去出差的时候在苏州买的，当然，她还给他买了礼物，可却一直没有送出去，他说最近忙，已经很久没有见面了。

“委屈你了。”

她和朋友看完电影从影院出来的时候，接到唐番的短信。

“怎么了？”

“晚上去看电影了？”

“对啊，和朋友一起。”

“看来只有我看了一场悲剧的电影。”

“你看到我了？”

“我一进去就看到你了，隔着几排，都能清楚地听到你的笑声。”

“哦，我没有看到你。不过电影很好看。”

“那就好，只有我一人难过总比你也难过强。不能说了，晚安。”

她知道自己不必再回信息，放下手机和女朋友们继续电影后的夜宵。

“吃东西啊，这么晚了还跟谁发短信啊？”倪虹问道。

“没谁啊，工作上的事儿，处理完了，哎哎，别抢我的牛肉！”

“我这是在为你的减肥事业做贡献！”倪虹狡辩道。

“做什么贡献啊，牛肉不长肉，有没有常识。”说完她将牛肉夹到自己的油碟里，对着倪虹吃下去，然后夸张地发出“嗯”的声音，一脸享受。

“下周那谁就回国来了，他还没见过你俩，到时候请你们吃饭啊。”一旁的田静说道。

“富二代回来了？”倪虹问。

“你俩，今年会结婚么？”丁凌问。

“不知道，暂时还没想过，他们举家移民，我不想出国的。你呢？倪虹。”

倪虹叹了口气：“他本来说今年就能从秦皇岛调回来的，可临时有了变动，这一下又遥遥无期了。”

“咱俩啊，谈了都跟没谈一样，还不如丁凌来得潇洒呢。爱情的甜蜜没觉察出来，有个男友也只能每天和手机谈恋爱。”

丁凌笑笑："不怕啊，咱仨正好做伴，这不是很好么。"

窗户开着，有凉风吹进。在夏末秋初的夜晚着实让人清醒。

就算她晚上看到了他，或许也不会觉得委屈，也不会心不在焉。散场的时候，她会径直和朋友离开，连回头看他一眼、制造一次心有灵犀的对视的机会也不会给自己。

之前有他在的场合，她逢酒必醉。一个周末丁凌要去赶倪虹的场。

唐番问她倪虹的电话，她蹲在地上先是背了前三个数字，后面就变成了唐番的号码。丁凌并没有醉，只是脑子不太灵光。她清醒以后回想起来，也有些讶异。

路上丁凌躺在唐番的腿上，她多希望路上堵车，这样就可以占去他多一点儿时间。路灯投影在唐番的脸上，他的剪影一点儿也不温柔，他始终没有低头看她，而是望向窗外，用手指轻轻划过她的脸。

唐番推开包间的房门，姐妹淘已然喝到了下半场，倪虹晃悠着跑来把丁凌揽进怀里，唐番客气地说："丁凌喝多了，那你们好好照顾她。"然后就走了。

"唐番，你不留下来玩一会儿吗？"丁凌问。

"不了，再见。"他又摆出了他固有的笑容，谦和友善，却又拒人于千里之外，在场所有的人都被他的笑容迷惑了，简单地把他当作顺路送丁凌帅气的普通朋友。

她的心微微抽痛了一下。

她还记得她爱上唐番时候的样子。

毕业以后留在这座城市的大学同学，成了珍贵的朋友。大家没事的时候，周末会一起约着吃饭唱歌。唐番是其中一个同学的哥哥，一次偶然的聚会上，他们认识了。

丁凌始终觉得自己对唐番是一见钟情，清瘦高挑的个子，清俊的容貌，亲和爱笑却总有一种让人不能完全走近的感觉。他是一家公司的普通员工，年纪轻轻，十分精神俊朗。

丁凌只觉得一晚上自己的眼神会不经意间，落在唐番的身上。但他应该没有留意到。丁凌趁着机会留下了唐番的微信号码。如获珍宝般，在心中窃喜。

那时候丁凌刚和大学谈的男朋友分手，过程反复而痛苦，喝完了酒，心神松懈，说着眼泪就汹涌而出，形状很惨痛，听说鼻涕眼泪一大把，抱着朋友就是不放手。

下楼的时候，丁凌有些不稳，唐番干脆将丁凌背起，慌乱中丁凌说道："不用不用，我可胖，我……"话音还没落，身上一轻，她已经趴在了唐番的肩头。

这是她第一次距离唐番那么近，她用双手环绕着他的肩膀，将头靠在他的肩头。之前的醉酒一扫而光，她瞬间清醒，却也希望这楼梯永不完结。

第二天丁凌意外地收到了唐番主动发来的微信："哭得那么痛，还是个没长大的女孩啊。"

"我昨天丢人了是不是。"

"不会。就是形容有些惨烈。"

而后两人就有一搭没一搭地聊起来，几乎每天上班都会收到唐番的微信。

假期的时候，还是那一圈同学约着一起到山里旅游，唐番也一起来了。上山的途中，人三三两两地拉着长长的路线，丁凌落在了后面，走了没几步，抬头看见唐番微笑着在前面等自己。

他们一起往前走着，路过山中摆摊的摊位，卖什么帽子、挂饰的时候，丁凌会拿起来摆Pose，等唐番给拍照。唐番对丁凌说：“我最近在背心经，要不要我背给你听？”

“好。”

山里静静的，他的嗓音低如绸缎随着溪水在山谷中流淌：“观自在菩萨，行深般若波罗蜜多时，照见五蕴皆空，度一切苦厄。舍利子，色不异空，空不异色，色即是空，空即是色，受想行识，亦复如是。舍利子，是诸法空相，不生不灭，不垢不净，不增不减。是故空中无色，无受想行识，无眼耳鼻舌身意，无色声香味触法，无眼界，乃至无意识界，无无明，亦无无明尽，乃至无老死，亦无老死尽。无苦集灭道，无智亦无得，以无所得故……”

他的心底似乎总压抑着一些情绪，丁凌有些捉摸不透，太过完美谦和的人，太过梦幻，总应该有些什么事物藏在他的心底才对，似乎有些隐隐的苦痛沉在眼前男子的心底，丁凌很想做那把钥匙，开启他灵魂的深处。

快到山顶的时候，丁凌有些疲倦，两人在山石路旁的凉亭里小坐，丁凌将一个耳机塞到唐番的耳中，打开iPod，里面流淌出笛子的声音。

山风抚着皮肤，带着点寒气施施然而过，郁郁葱葱的山木覆盖了头顶的天光，眼前一片墨绿和灰褐的颜色，远处传来龙吟细细之声。

两个人都不作声，时间缓慢地逝去。她无意中看向他，他微微仰起脸，鼻梁修长高挺，眼光温柔却冷淡。

从山上下来，他们一行人和山上偶遇的其他游客坐在一起喝酒聊天。远离城市的距离让人安心而放松。仿佛尘世的烦闷苦恼都一扫而空。一堆人猜拳嬉闹，不知不觉都喝得有些多。他们吃饭的地方在山脚下，临着河水的一弯游廊之内。夜晚的河面吹来湿冷的空气。丁凌不禁打了个哆嗦。唐番将手臂绕过丁凌的肩膀，将她搂在怀里。

丁凌全身一紧，身边的人在酒精的作用下谁也没有当回事，她望向他的脸庞，他转过头来对她微微一笑。那一晚是丁凌记忆中最快乐的，酒桌上推杯换盏，周边静谧的山脚河流旁，是一群不必担忧几点归家的年轻人，人们起哄、灌酒，放肆大笑，酒精混合着释放的灵魂，累了丁凌就靠在他的臂弯里，仿佛他们是亲密的情侣。

从山里回来的那天晚上，到市里面的时候已经很晚。丁凌拿着行李走到小区门口，没想到竟然看到了前任男友。看到他，丁凌心中一沉，微微有些恶心。

“你这几天去哪儿了？”

“假如我没有记错，我们应该是分手了吧？”

“你是不是已经和别人恋爱了？”前任的情绪有些阴鸷。

“关你什么事？”说完丁凌转身就要往里走。

“你给我站住！”前任一把扯回了丁凌，伸手就要从她手里抢走手机，丁凌失去重心向地面狠狠砸去，她拼命站起来想要从前任手里抢回手机。

唐番不知道什么时候忽然冲了出来，给了丁凌前任就是一拳。她从没有见他这么暴怒的模样，愣在地上不知所以。

两人扭打在一起的时候，丁凌才回过神来冲上前去想要拉开他们。前任看讨不到好处，骂骂咧咧地走了。

唐番从兜里拿出丁凌的钱包说："你落在车上了。"

丁凌觉得很丢人，拿着钥匙就想走。

唐番拉住丁凌问："他从前就这么对你？"

丁凌不回答，说："别问那么多了，早点回家吧。谢谢你。"说完丁凌只觉得手臂一紧，回头的时候双唇已经被唐番覆上。

唐番曾经对她说，他每年几乎都会梦到自己那个初恋的姑娘，她始终穿着他记忆中的大红色裙子，裙摆在雪山的顶峰开出艳丽而孤寂的花朵，她回头对他笑，向他招手。有的时候他甚至会在梦中流泪转醒，那么多年过去了，每年都会有那么几次。

丁凌有个本子，是她摘抄的她和唐番往来的微信文字和他曾经对她说的那些让她怦然心动的话。丁凌从没有那样对一个人着迷，如飞蛾扑火。

唐番的家庭条件一般，丁凌一直都知道，后来他结婚买房也是举全家之力。他原本计划要换车，但因为家中亲戚出了车祸蹭了人，赔了些钱。于是提车的钱忽然之间就不够了。

丁凌问他为什么不去提车了，他言辞之间有些模糊。丁凌于是心头一热说道："我去年的奖金还有10万块钱，你着急的话就拿去用吧。"

唐番有些惊喜又有些犹疑地转过头来看她："可我不知道什么

时候才能还给你。”

那钱本来是丁凌打算拿来买车的，可她心里就是有些心疼他，不想他为难：“我不着急用钱啊。你先用吧。一辈子不还，你就欠我一辈子的。”

田静男朋友请客那天，丁凌第一次见到唐番的妻子，原来她曾经是田静男朋友的大学同学。原本丁凌不是这场宴请的宾客，但田静临晚饭前一个电话打来请求支援。

原来田静和男朋友在大学异地恋的时候，唐番的妻子曾经热烈追求过他，一直纠缠了几年，但田静男朋友始终没有接受，只把她当作是普通的朋友。后来毕业工作了，她的舅舅是唐番的顶头领导，这才介绍两人认识。

世界真是小。

吃饭的时候，田静男朋友一直说要给丁凌介绍对象，丁凌笑道：“好啊。”而后她能感受到唐番异样的神情和目光。

“我以为，你始终都会是我一个人的。”他说。

“然而，你却始终不是我一个人的。”丁凌回答。

她从没奢求过将他占为己有，她也没有想过要粉碎他安稳的生活。她就像是他背后隐形的翅膀和爱人。

时针指向七点，窗外隆隆有些雷鸣声。偌大的洗手间，只有丁凌自己，突然空间被无限拉大，丁凌摸出了手机，一个用来放音乐，另一个捧在手里看微博。屏幕在丁凌指尖滑动，在唐番的最新状态停了下来，他们去马来西亚度假了。

音乐咿咿呀呀，反复听了好久。

或许她需要的并不是旋律，也不是一段符合心静的曲子。只是，不想一个人在这屋子里来来回回，却没有一点声音。手机里面放的是什么音乐，丁凌后来也多半不再关心，却每隔一段时间，习惯性地更新一次。

洗完澡涂上唐番给自己的走珠。在送给自己这么多的东西中，走珠的味道还真是不错，丁凌不止一次这么想到。

她忽而很想将放在别人身上的关注和疼惜，一点一点，交还给自己。

或许这么些年过去，种种的纠结和难以抽离的情感，她觉得自己沉沦其中太久太久。

就好似硬币的两面，不能够同时朝上。我的快乐，全世界都知道。我的痛苦，你们谁都不晓得。

丁凌在床上翻来覆去睡不着，看看表又是凌晨。

他们结束以后，丁凌去出差，在机场偶遇了即将要进藏的唐番，他面容有些憔悴，眼睛陷得很深，看到他她还是觉得心痛。他看到了她，深深望了一眼，然后走向安检。

丁凌有时候想，唐番会不会像梦见那个红衣姑娘一般，后来的日子偶尔也会梦到自己。

爱过的人，就像高中时考过的满分卷子，时不时想起来，时不时拿出来看看。可那些题，早已经不会做了。就像那些人，早已经不爱了。

如今，忽然想起他，总是笑笑自己。

我们曾相爱

“我喜欢你。”

“我知道。”

“没了？”

“不然呢？”

“你不能做我女朋友啊？”

“除非，除非这次一练我们班英语平均成绩达到120分以上，年级排名第一。”

于是，于末同学发动了班里的串联大作弊，成绩出来那天，英语老师怔怔地拿着成绩，不知是喜是忧。我不敢相信自己的耳朵。抬眼看去，是于末那张得意扬扬的脸。

于末总说我吃油泼面的样子很惨不忍睹，不仅要老板多放蒜，还总是一人能吃一大碗。

“所以呢？”

“你这吃相，也就我喜欢。”那时正值大一，夏蝉在门外的树上唱着情歌，面馆里的人流着汗，三叶的风扇卖力地在头顶盘旋。那个十九岁的少年眨着明镜一般的眸子，说着认真的情话。

“你这人唯一的优点，就是眼光好。”说完挽起他的胳膊，“走吧，上课要迟到了。”

我不想当医生，因为我胆小。可于末从来都是励志要做医生的，为了和他进同一所大学，我才走上了医学这条不归路。

内科大一就有解剖课，我有些兴奋又有些害怕，福尔马林的味道几乎刺得我睁不开眼。老师让男生到福尔马林池中打捞样体，我当时几乎快要晕了过去。肩膀忽然被人扶着，回头看去一个女生站在我旁边：“别怕，习惯就好了。”

她叫刘雪，我大学里的第一个朋友。

下课了以后，我颇为骄傲地找到了于末，向他描述自己的勇敢表现。他拉着我的手：“乖小语，勇敢得很，真不赖。”

“所以呢？”

“等大学一毕业，我们就结婚吧。”

“这哪里是奖励我，分明是便宜了你。我才上大学，还有那么多的帅哥啊、才子的。说不定我再看上谁呢。”

“那你可跑不了了，当年全班120分以上的时候，你就已经攥进我的掌心，插翅难飞了。”

夕阳在晚天中散锦，落照中远处的城市烟景也抹去了锋利的形状，海风裹挟着温柔而来，于末的睫毛在夕阳的霞光中，隐隐泛着光芒，而后他的眼帘渐渐低下来，俯身给了我一个吻。

许久他站直身体将我搂在怀中。

“于末。”

“嗯？”

“我们去吃面吧。”

后来的解剖课，刘雪都会和我坐在一起，看着老师搬着一个大桶，淡定地捞出来心肝脾肺肾甚至是子宫等器官，给我们展示。我从之前的手脚冰凉，到后来可以为了考试毫不介意地哄抢老师手中稀罕的人骨。

周末我接到大黄的电话：“小语，我来你们学校啦，要不要一起吃个饭？叫上于末。”

“好啊！”

大黄是我和于末的高中同学，当年也是作弊大军中的主将一枚，拜他所赐我成了于末的女朋友。我叫上了刘雪一起。

大黄大学读了对外翻译，没有和我们一起学医学，这么些年来大黄始终爱开我们俩的玩笑，推杯换盏，酒过几巡，他又开始了老话题：“小语啊，你什么都好，就是眼光不好，怎么就看中了于末这个混球小子呢。”

“去你的。”

“当年你骗我说，不帮你作弊让你考过120分，你妈就要给你转学，这我才帮你的。谁知道你把我的答案给全班那么一发，然后追到了妹子。”

于末狡黠一笑：“这不是想给你们个惊喜么。”

“去你妹的惊喜。”说完大黄给于末满了一杯酒，“你自己闷了。我不管啊，你欠我一辈子的酒，这个人情可大发了。赶紧喝你丫的。”

于末也不含糊，仰头就清杯中酒。

“今天是我们主场，于末，我可就不护着你了。你和大黄喝吧，省的他怪我偏心。”

“这可是你说的，今晚于末可是我的了。”大黄笑道。

“大黄，”刘雪不知何时给自己满了一杯酒，“第一次见面，怎么都不和我喝几杯呢？别光顾着和于末喝，来，干杯。”

“妹子可以呀，豪爽。”

“行了，”于末端起酒杯，“这是你和我的对决，别让女孩喝酒。走你！”于末摁下了刘雪又要端起的酒杯对大黄说：“我喝倒大黄，松松的！”

大半年没有见面，聊着各自学校的人和事，我们感慨着韶光易逝，又对未来充满了期待。我当时并没有觉察出大黄的不同，我想那是因为我的心底眼底都是于末的原因吧，本以为终于挨过了高中，以后的幸福应当是理所当然的，可我没有想到，真正的离别，正在向我脚底的土地蔓延，所过之处焦土遍野，万物凋敝。

后来我总在想，假如我没有追随于末去他的学校，没有认识刘雪，而是选择和于末在同一个城市的不同大学，我们还会分开吗？会不会现在的我们，早已是一对孩子的父母，抱怨熊孩子有多淘气的同时，兴奋地规划假期带他们去新开的迪士尼公园玩。

我曾经以为，注定要相爱的人，无论如何也不会分开，不会因为遇到谁，遇到什么事而改变结局。我后来才明白，在这个充满变数的世界，有太多未知的因素在冲击着我们脆弱的爱情。你听到的话，遇到的人，都时刻改变着河流的方向。

感情经不起考验。

如果我知道那次的见面，会成为日后我和于未分离的导火索，我一定不会让那个人出现。我一定不会那么天真地将自己剖白给一个心怀叵测的人，我一定不会让谁轻易就走进我的世界。

陪于未从洗手间回来的时候，我远远地看见醉酒的大黄拉着刘雪的手低语着什么，大黄的眼睛早已失神恍惚，他用双手握住刘雪，放在额头，絮絮低语。刘雪沉静地听着，不动声色，也不移开自己的手。

于未还算清醒，我们开了房将大黄丢到酒店，留下于未陪他，我和刘雪就走了。第二天，于未起来陪着大黄去街角吃了碗油泼面，就送走了他。

一天下课，我独自一人从校区回寝室，因为校区比较大，每次回寝室都要穿过马路到街对面去。街道一路上都是小吃，一摸包才发现，因为换包所以忘记带钱包了。

抬眼一看是于未，我上前几步挽住于未的胳膊，他先是有些惊讶，看定是我后，面露温暖的微笑："你下课了。"

"嗯，回来的路上我看到好多好吃的哦，没带钱包什么都不能买。"

于未停了下来，牵起我的手腕子转身向来时的路走去："走，想吃什么咱们买什么啊，小馋猫。”

“你对我最好了！”说完我抱着他的手臂，将头放在他的肩膀上，像个巨大的手提包一般，蹦蹦跳跳。

“这媳妇以后好养，喂饱了就行。”他捏捏我的鼻尖

“对了，我姐姐从国外给你捎的鞋子估计今天明天就到了，她让人送到学校来。”

刘雪碰巧经过，约着晚上一起去复习。于末要和朋友打球，就分开了。

自习的时候，刘雪拿出手机默默地发了个信息，说要去洗手间就出教室了。没一会儿，打来了电话，是我姐给于末买的鞋子到了，我于是出去取。

到大门的路，途经学校操场，昏黄的灯光下我无意间看到了两个人的身影——于末和刘雪不知道在说些什么，我抱着鞋子兴奋地跑过去："你们俩在聊什么啊？"

刘雪的眼神慌乱了一秒钟，立刻换上了笑容："偶然碰到了，闲聊几句，我正跟他说我有事不能陪你自习了，让他一会儿去接你。"

于末站在一边也不出声，脸上忽明忽暗有些疏离。

"没事的，刘雪，你有事就去忙吧，不用陪我。于末，你看！鞋子到了！"我双手送到于末的面前。

于末接过鞋子："这么快就到了。帮我谢谢你姐。你们回去收拾东西吧，等会儿我送你回寝室。"

我并没有觉察出当时于末有任何的不同，原来有些东西裂缝的

声音，已经在心底响起。

又过了一段时间，大黄联系我说要过生日，想来找我们一起庆祝。下了课，我和于末一起吃了晚饭，约着陪我去逛夜市。

我忽然想起就对他说起，于末的脸色忽然就有些阴晴不定：“有什么好过的。动不动就跑来。”

“咱不是高中同学关系好么，再说了，他在这儿也没什么朋友。”

于末转过头来用古怪的眼神望了望我，他的眼中闪现出一丝从未有过的意味，随即他淡淡地说：“好啊。”

吃饭的时候，于末对大黄并不十分热情，反倒是刘雪一杯一杯地灌大黄喝酒，大黄扛不住是个姑娘劝酒，没多大会儿就有些醉态。

于末从喉咙里挤出冷哼的声音：“看来要赶紧把你弄走，不然一会儿又要深情告白了。”

我察觉到大黄的神情顿了顿，醉态一扫而空：“于末，什么意思，我没懂。”

“对啊，于末，你跟谁告白了？”我一脸兴奋地问道。

于末看了我一眼：“你不知道？”有那么一些我在明知故问的讥讽味道。

“我怎么会知道？”我的眼光落在了刘雪身上，玩笑地问她：“刘雪姑娘，是不是大黄对你告白啦？”

刘雪对着我挤出应付的微笑：“我不知道啊，告白了吗？大黄好可怜，告白的姑娘一个个都失忆了。以后啊，你可不要当备胎，暧昧的滋味虽然好玩，但可见不得光哦。”

大黄的脸上红一阵白一阵："刘雪，你太不了解我了，我大黄喜欢谁是我的事，我也绝不会和谁暧昧。"说完大黄起身摔杯子走人。

"小语，我先走了，过几天再来找你玩。"说完拿起外套买了单，径直离开。

"大黄！"我正要去追他，被于末按住手腕动弹不得，"于末，你干吗啊？今天人家大黄生日，你看你一晚上阴阳怪气的，你吃错药了你？"

"闭嘴。"

"你有病吧？你觉得你自己有什么可转的？你要分分场合好吗？"

"心疼了？"

"你什么意思？"

"你能在我面前收敛一点吗？"

"你吃枪炮了吧你？刘雪，走。"我拉起刘雪回寝室，路上我问她："你刚才说大黄的话，是什么意思？"

"我说什么了？你别往心里去，我喝多了，胡说的。"

于末从来没有这样对待过我。回去后的几天我们彼此都没有联系对方。转眼七夕来临，我对于末的冷战已然进行了好几天。

"还生气么？"他发来短信。

"……"

"小语！"室友龙卷风一般冲进寝室，"你快到窗户上看一看！"

楼下一片烛火灿烂，摆成了心形。于末站在中间，我的手机响起："小语，别生我气了。我承认我有些嫉妒和吃醋，我不应该对你发脾气的。请你，原谅我吧。"

“你土不土，”我的嘴角已经挂上了微笑，“小心被老师抓走。”

“怕什么，那你下楼来好吗？我还给你买花了呢。”

“哎呀，土死了！”话音未落，我已经转身在室友羡慕的眼神中冲出门去。

刚和好的那段时间，就像初恋一般的甜蜜，可时间一久还是难免争吵。我总觉得于末变了，原来瞬息之间，裂缝已经在脚底蔓延，我们站在悬崖的玻璃桥上，风雨飘摇。

和往常一样，下了课，我们一起回寝室楼。

原本下午还晴朗的天色，忽然就被晚天散了一层灰蒙蒙的厚云，寒风过处我打了个冷战，大夏天的有种透心凉的错觉。

天上忽然就下起了大雨，雨水不管不顾地倾泻下来，决绝地俯冲向地面，破裂得粉身碎骨，腾起水雾。

我们拿着包挡着头顶想尽快找地方避雨，在路经一段老旧的围墙旁边时，围墙忽然倒塌，那一瞬间我将刘雪推了出去，没想到我站的这一片墙体根部并未坍塌，旁边的一段整体倒了下来。有零星经过的同学被压在下面。万幸所有人都只是轻微地受了伤，没有酿成惨剧。

刘雪倒地的时候，崴到脚踝，被落下的砖石砸到了头部，我只是手臂轻微的剐蹭。我们被送到学校的医务室，简单处理了伤口以后，回过神来才发现，手机慌乱中落在了墙体的残垣断壁里。

于末会不会找不到我而担心？我用刘雪的电话，拨给于末，电话那头的声音有些焦急：“喂，小雪？你没事吧？我正赶过去。”

“于末，是我。”我的心一沉，有种奇怪的预感。

你没事吧？为什么不是你们没事吧？为什么不是小语没事吧？

挂完电话，我转身看向她：

“还好我电话给他，他都担心死我了。刘雪，我才知道原来我这么爱于末。刚才那一瞬间，我脑子里都是假如留下了于末一个人，他该怎么活？我一定要嫁给他，你是我最好的朋友，将来你做我的伴娘好吗？”

刘雪的脸上，仿佛凝着一层让人看不清的冰霜，隔着冰霜她笑道：“好啊。只要你愿意，你将来无论和谁结婚，我都做你的伴娘。”

“不会和谁，只和于末。”

我站在二楼的走廊，看着于末飞奔着进了校医的门，我看了那么多年的面孔怎么忽然就生出了陌生的气息，那气息越来越厚，于末的面容都模糊了。脸上一阵滚烫，两行泪水落下。

“小语，你怎么了？哪里疼么？”

我抱着他，熟悉的气息让我心痛：“于末，我怕我死了，你就跟别人跑了。”

他扣在我肩头的手指僵了僵：“别说胡话。”

后来的那几年，我经常会做同样的梦：我和于末坐在面馆里汗流浃背地吃着油泼面，于末说：“你这吃相，也就我喜欢。”

画面一转，我站在学校医院的二楼窗口，望着于末焦急地跑进大门，我生怕于末跑进房间找到刘雪，就向一楼赶去，我一直跑啊跑，始终找不到下去的楼梯，要么是断了的，要么干脆堵了起来。我想喊他，可喊不出声，双腿如同灌铅一般，越发沉重。

楼剧烈地摇晃起来，墙体开始剥落，地上生出无数枯枝的手指，紧紧握住我的脚踝，我看见了于末，他将刘雪护在身下，我喊他，他回头漠然地看我一眼，而后带着冷笑的刘雪消失不见。他们离去的路上凝出了厚厚的冰霜，而我脚底的枯手生出红色的血脉，红莲般的火焰，喷噬而起。我一身冷汗，从梦中惊醒。

我和于末站在教学楼外的树下："于末，这么多年，我从来没有问过你。你喜欢我什么？"

"我……"

"当年你鼓起勇气，发动全年级作弊的理由是什么？"

"你很可爱，我是真的喜欢过你。"

"那现在，为什么不喜欢我了呢？"

"这是个傻问题。"

我笑笑，眼泪打了个转，还是掉了下来："我知道，是刘雪，对吗？"

于末的脸僵硬了，眼神里的愧疚几乎可以将我淹没，让我窒息。

"你知道么，我始终不知道当年为什么会答应你傻傻的要求，做了你的女朋友。可当那天墙倒的时候，我忽然之间很心疼你，我想如果我出意外了，你会有多么孤单难过。我才明白，原来你已经在我心里那么那么深的地方。于末，你为什么要对我这么残忍，在我明白自己多爱你的那天，意识到了你背叛了我。"

我觉得灵魂从身体大地抽走，堕落进地狱，眼前的于末陌生得仿佛我们从未相识过，我们站在一起，又好像是地球的两端，隔着万水千山，我也能感受到从心底蔓延的恨意和绝望。

"方语，一切都是我的错，和刘雪没有关系。我们都很痛苦。"

“我们？这么快，就成一家子了？你们有什么脸告诉我，你们痛苦？”

“小语，我们应该停下来，看看身边真正爱自己的人。如果不是刘雪告诉我，我并不知道原来黄子航那么喜欢你。你为什么不给他一个机会呢？”我哑口无言，头脑却异常清晰，那年大黄拉着刘雪的手，说了什么，刘雪又是如何瓦解我和于末之间的信任，一瞬间我全都明白了。

我转身拼命向楼上的教室飞奔，刘雪看到我有些错愕，却又有些意料之中的神情。

我扬手就是一个耳光，身边的同学都倒吸了一口冷气。但当我看到她被打后脸上的神情时，我才明白我太傻了，她先是闪过一丝诡异的微笑，而后迅速转换神情，做出一副无辜愧疚又深情凛然的样子。

于末将我拖出了教室，将我那句“你怎么可以这样对我！”和刘雪一同关在门内。

我气得浑身发抖，几乎快要发狂，我很想问问于末，你看到了没有？她是个什么人？可我只能反复喊那句“你放开我”！

我拼命地挣扎，猛地将于末推开，他连同路人手里的玻璃水杯一起滚下楼梯。

于末的手，被玻璃深深地刺入。刘雪惊呼着跑下楼去。后来的情节，都已斑驳模糊，于末从此手指留下残疾，不能再拿手术刀。

这一场纠葛，最后究竟是谁欠了谁的，谁又负了谁，我并没有答案。

大学的最后一年，在浑浑噩噩的苦痛中度过，我整晚整晚地经历梦魇的折磨，人也消瘦得快。

大黄来学校看了我，听说他和于末绝了交。

“方语，对不起。假如不是我错把刘雪当作是你，就不会有后来的误会。”

“和你没有关系。感情坚定与否，与一个暗恋我的人又有何干？即便你不出现，刘雪也会找别的机会接近于末的。”

“方语，不如让我照顾你。”

我有些无力地抬眼看他：“大黄，人生出现的顺序真的很重要，不同的时间出现了，就会有不同的结局。我的心里都是于末，我把心交给了他，被他撕得粉碎，你拼不回来了。”

毕业以后的日子过得飞快，我知道于末和刘雪都留在了这座城市，听说他们结了婚，又有了孩子。他们的消息渐渐地越来越少。我和一些同学都进了当地的医院，不知不觉，几年的日子过去了。

大黄也谈了恋爱，唯独我，或许因为工作太忙，或许因为伤痕太重，都没能够再度爱上别人。

一个下午下班后我和大黄约着几个同学一起聚会，听说于末和刘雪离婚了，与此同时我接到了医院的电话。

“方语，抓紧回来，于末的孩子飞飞出了意外，这个手术只有你可以做得了……”其他的话，我已经听不清了，我哆哆嗦嗦地从餐厅跑出来，大黄夺过钥匙开车送我回医院。

下车后我拼命往医院大楼奔跑，几年前于末飞奔着冲进校医的画面撞进了我的脑海。

多年没见，刘雪比从前胖了些许，于末神情复杂地看着我。刘雪情绪激动："小语，请你救救孩子，是我对不起你，你可以恨我，只要你能救回来我的孩子，你要把我怎样都可以。"

我飞速看了她一眼，倘若是当年伤心欲绝的我，我会如何选择我不知道，但我淡然地对她说："这是我的工作，请你不要把我看做和你一样的人。"

手术持续了几个小时，飞飞脱离了危险。

于末通红的双眼忽然有些闪烁，他定定地看着我："小语，谢谢你。"他身旁的刘雪拉着我的手，泣不成声。

"你也算是种善因得善果了，要不是为你，我也不会学医。就当我欠你的，还给你了。"说完，我转身走开。

于末随我走进办公室："小语，我始终都没有勇气再来见你，也没有机会和你好好告别，我……"

"于末，都结束了。别说这些没用的了。你出去吧，我真的不想再看到你。"

夜已深，办公室的灯光苍白清冷，我靠在椅子上，望着头顶的天花板出神。忽然很想吃一碗当年学校街角的油泼面。

当年爱的那个清俊的男孩，忽然就出现在眼前，他气喘吁吁地抱着球拉着我的手腕说："走，想吃什么买什么。"

我对着他笑笑，眼角忽然之间就湿润了。男孩的头发已经剪短，身材也有些微胖，再过几年，白发也会爬上鬓角，时间会刻在额头。

街口的那家面馆生意依然火爆吧，年轻的情侣们，依然会头顶着头，在大夏天吹着风扇吃着面，而后牵手去上学吧。

我曾以为你是我爱情中的末世狂欢，曾让我无比幸福却也让我跌入了地狱。不过我忽然明白，不论是末世，或是黄泉碧落，你曾来过，而我已转身。

Chapter 02

我喜欢这样的自己，悄悄地绝口不提

只因心底有个人

那天看到一句话，因为心底有人，所以暗里有光。这句话拿来形容桃子，再贴切不过。

桃子桌子上放着本《木心文学回忆录》，金色蝴蝶的书签插在后半部分，显然已经读过大半。

生完孩子，许久没有串门，进门映入眼帘的就是这本书。

桃子张罗着在厨房给我做饭，我随意在她房间里漫步。

落地窗旁边有个白色的植物架子，摆着绿萝和其他几种我叫不上名字的花花草草。屋子里收拾得非常整洁，飘窗上新定制的垫子，阳光懒懒地洒在飘窗上的茗几上。茗几旁边是一本摘抄本，我送给她的那只LAMY的钢笔夹在本子里。

最新的摘抄上写道："有时觉得如约而至是个多么美好的词。等得很苦，却从不辜负。"

放眼看去她的床头散落着几本书，里面都有不同形状精致的书签。

从前桃子可不是这样的。她有些不修边幅，没事只爱看看网络剧，每次我去她家过夜，我俩都是一起窝在沙发上披着毯子一边吃零食，一边看电视。周末的时候，她最喜欢呼朋引伴一起去K歌或者吃火锅。

每当我在朋友圈或者微博上晒出来新的文章或者读后感的时候，她都会逗趣我是“文艺女青年”。

直到我回家生孩子，有一天桃子微信我，让推荐几本书。我干脆对着书架拍了照片发给她。

桃子饭做好了，糖醋小排、夹心豆腐、菠萝鸡块……我以为又是她最拿手的番茄鸡蛋和凉拌黄瓜、油炸花生一类的。

“吃吧！”桃子招呼我动筷子。

“桃子，我老公叫什么？咱俩高中是那个学校的？你初吻给了谁？”我直勾勾地看着她。

“你有病啊，你是生了孩子，又没有失忆。”

“这可不是你的风格啊！”我于是细数了她的各种变化。“你老实告诉我，半年的时间，你怎么突然转性了？你没有撞到头或者被猪亲过吧？”

“去你丫的，你才被猪亲了。”

……

是的，桃子爱上了一个人。

这个人是她合作的一家建筑设计公司的事业部负责人。桃子翻出了许先生的朋友圈，他并不英俊但很有气质，因为一直坚持健身，所以身材保持得很好，塞到西服里也足以放倒千百少女。

许先生的公司接了她们公司的项目，于是有了往来。

一次，许先生来他们公司开完会，桃子领导安排桃子招呼许先生先到酒店，自己随后到。一路上两人谈天说地，原本的商务应酬，被风趣的许先生渲染得生动有趣。桃子心里萌生了一丝好感和崇拜。

两个人于是加了微信，桃子看他的头像别致——是一种颜色艳丽的刺绣。问起才知道，许先生是水族人，头像是家里祖传的马尾绣的图案。

水族人爱马，也好马术。

桃子从小身边的少数民族以满族和回族为主，第一次听说关于水族的细节，不免觉得新奇，想想许先生跨马奔腾的样子，忍不住脸红心跳。

可从那以后，他们两人也就淡淡地仅限于点赞之交。可桃子还是尽可能地把握一切和许先生接触的机会，发方案、回复修改意见、打电话约开会时间，等等。

每天桃子都会捧着是手机，刷着他的朋友圈等他更新，又或者跑到人家空间里看完他每一条状态、照片和日志。她对他就像老朋友一般，愈发地迷恋。

直到有一次，项目取得了第一阶段的进展，双方公司的人约着一起出来吃饭，酒过几巡躺倒了一大片，只有自己领导、桃子和许先生还算清醒，那是周末，桃子的领导还不尽兴，大家散场的时候干脆拉着许先生去进行下半场。

桃子平时并不喜欢这种应酬，但因为许先生也在，于是自告奋勇要参加下半场。

她领导一个电话过去没多久，来了几个男男女女，看起来是她领导的朋友，有一个女人桃子认识，是本地一个广告公司的营销总监，胡小姐。

胡小姐貌似很擅长这种场合，猜拳骰子样样精通，知道什么时候赢什么时候输，拿捏得当，风情幽默却不浪荡。

桃子自叹不如，安静地坐在一边点歌，时不时陪着喝几杯啤酒招呼着服务生上酒上小吃。

一会儿许先生坐在她旁边："小姑娘不要喝太多，女生不应该常喝酒。"

桃子忽而心生了一些委屈："什么叫小姑娘，我可不是小女孩。"说着她端起面前的啤酒，碰了许先生的杯子，一饮而尽。喝到一半的时候，桃子就后悔了，心里骂道这一瓶啤酒怎么这么多，这是要喝死老娘啊。

"许总，你可不要灌醉了我们小桃啊。灌醉了许总你负责送回家！"桃子领导逗趣着。

桃子听到，眼一闭心一狠，灌得更加义无反顾。

"桃子好酒量，我以前可没看出来啊。"胡总在一边说着。

许总并没有说话，默默看她喝完后，轻轻地拍拍她的后背就走开了。

"来，妹子"桃子领导招呼着胡总，又拉着许总的手，"这是我兄弟，哥哥我一直想介绍你俩认识。我这个妹妹性格好得很，就是事业太要强。这么多年也没有个人照顾着。许总你们可以交交朋友。”

许先生有些意外，嘴里答道：“大家都是朋友。”

桃子顿时觉得眼前一黑，心里气她乱点鸳鸯谱的领导，心想着，这么好的资源怎么不知道解决一下自己员工的幸福问题，难不成是巴不得我们都单身，好给你加班嘛！呜……

桃子听不下去，装作去洗手间，走了出来，等她回去的时候，正好看到下面的一幕——许先生坐在沙发上，侧着身子伸着手点歌，身体距离点歌机还有半个沙发的距离。

胡总走过去，干脆坐在他面前，看似就像背靠着他坐在他怀里一般。

桃子只觉得迎面一击，怔怔地站在原地。

回过神后，她忽然间觉得自己很可笑，或许人家并没有把她放在心上，凭她一个小丫头，只是个部门的主管，不够风情也不够放得开，27岁的姑娘了，还像个女孩一样脸红心跳地暗恋，人家那边蜻蜓点水，她这里立刻风云变色。

说得直白一点，就是自作多情。许先生哪里会知道自己的心思呢？

桃子干脆拿着包，和领导打完招呼准备离开。许先生看她要走，问道：“要回去了吗？也好，早点回家。用我送你吗？”

听到他这么问，桃子心跳还是仿佛漏了一拍：“不用不用，许总，你是今天的主角之一，怎么能缺席呢。我自己打车可以走的。再见。”说完桃子落荒而逃，头也不回。

她一个人在路上往家走，眼泪就莫名其妙地掉了下来。

她想到自己一个女孩子家独自在外打拼，连个知冷知热的恋人也没有。

她想到顾盼生姿的胡总，信心被击得粉碎。

许先生和胡总才是郎才女貌，自己就是一个没有守护天使的灰姑娘，什么都比不上。

她的爱情观还是花前月下，而许先生或许更需要一个能够和他并肩经历风雨的伴侣。

可是越是这样，许先生的种种细节却在她眼前交替出现。她故作坚强的表面下，有着他不懂的心事和深情。

或许她只是许先生人生的过客，只是个合作伙伴，只是一个不起眼的女孩，她的生活、她的好坏、她的死活，和他半分关系也没有。

那一晚，她不知道自己哭了多久，一边哭一边还是忍不住要看许先生的朋友圈，越看越觉得他和自己太过遥远，中间好像隔着银河。

第二天她在床上躺了一整天，她重新理了理自己的感情。

她问自己，还要继续喜欢他吗？我能把心收回来么？桃子觉得自己做不到。

于是她接着想，喜欢一个人是自己的事情，之前她的患得患失其实也是因为她需要对方的回应。她暂且选择不去想对方会不会喜欢自己，她首先应该收拾自己的心情，不再为他动摇心情，在他面前紧张尴尬。

“他是个那么优秀的男人，我不能在他面前伪装自己，伪装自己很会喝酒，伪装自己很优雅，我应该让自己变成更加优秀的人。”

因为心底有个人，所以为了他变得更加优秀，即便将来有一天，或许我不再爱你，我亦不会遗憾。

暗恋是一件需要勇气的事情。到了二十多岁的年纪，我们应该珍惜难得的心动。

而将这份心动化作推动自己前进的动力，则透着些许成熟的理智。

从那天开始，桃子决定要更加好好的活，她列出了一系列自己想要改善的计划，比如要定期收拾屋子、养点花花草草、学会看书摘抄写日记，或者应该再锻炼一下身体，又或者每周学习下厨做一道复杂的菜犒劳自己。工作上应该更加上心，多搜集一些专业的书来看看，学习一些别的项目的经典案例，等等。

桃子想到，并且也做到了。

自从她决定收拾心情后，再见到许总她反而更加的落落大方，谈吐得体。在一起Brainstorm的会议上，桃子用上了自己从其他一个成功案例中提炼的观点，让自己的领导和许总都为之一振，刺激了灵感。

时不时桃子会写一些文字，做一些摘抄放在朋友圈里，许先生偶尔会有赞许的留言。

她依旧在心中默默地喜欢着他，久而久之她看到了自己身上的变化。

有时候，当你决定改变之后，命运之神会向你伸手，桃子接下了一个公司的一个新的项目，做了项目经理，健身减肥也卓有成效，读书写字成为了她愉快的习惯。

几个月后，她收到了猎头公司的电话，同城市的另一家公司希望她去做项目总监。

桃子着实犹豫了，对于工作而言，她确实需要一个新的平台，可是离开现在的公司，她和许先生的最后一丝联系，也就断掉了。

她当初询问我意见的时候，我还在家休产假，并不知道其中还有这一层关系，她因为不希望我担心也没有告诉我，我当时坚定地鼓励她辞职。她纠结了很久，终于还是选择离开。

“那你们现在呢？”我一边吃饭一边问道。

“现在离职也有半个多月了，其实我们好像在朋友圈更自在了。评论留言也不用顾虑公司同事的看法。”

“那，你现在还喜欢他么？”

她深深地看了我一眼：“喜欢，只是我不再期待什么了。你不要劝我，反正我现在也没有遇到让我心动的男生，为何不让我就把他放在心底。你看，我现在不是过得比你离开前好得多吗？我只是想任性地喜欢他，可我并没有让自己的生活也任性。”

我觉得她说得有道理，竟一时也无言以对，想想钟林再看看桃子，感慨自己身边总是有这种痴情的坯子。再想想自己以前，又何尝不是呢。

说来也真的很巧，桃子的手机忽然振了一下，她滑开屏幕后露出了吃惊的表情，然后她尖叫了一声，将手机伸到我面前，我看到那个熟悉的马尾绣的头像发来一句话：

“好久不见了，明天有时间吗，我请你吃饭吧。”

何凉的爱情

1.

何凉分手的时候，我从天而降。

那是一个周末的下午，我刚从学校门口的水果超市买完香蕉回来，路经图书馆门前的时候看到一个熟悉的身影。

“阿西吧，何凉这个贱人，又重色轻友地悄不吭声地跑来看女朋友。”我心里这么想着加快脚步走到他们面前：“何凉，你重色轻友啊你！又来看女朋友！”

他看看我，脸上的表情复杂而尴尬，但我当时完全没有多想。

我从袋子里拿出香蕉塞给他俩：“给，我刚买的，你俩吃吧。我走了啊，不打扰你俩甜蜜了。”想起来自己当时热恋男朋友还在异地，走之前又回头看他俩一眼，然后说：“哎，好幸福哦！”

我绝尘而去。留下何凉在原地兵荒马乱。如果要脑补，一定有千万只草泥马在他心中奔腾而过。

何凉后来说，当时看到我很想哭，而我最后那句“好幸福哦！”简直是神补刀。一口老血差点没喷出来。

2.

小时候多半都是子弟学校，父母在同一个厂工作，于是我们顺理成章地到子弟小学和中学读书，何凉从小就是我的同学，高中虽不在一个学校，每逢假期我们关系好的这六七个人必然会聚在一起吃喝玩闹。

我们约定好，几个人要做一辈子的朋友。所以谁都不许吃窝边草。这就是组织当初建立的基本原则。

初中那会儿，何凉暗恋班里的一个女生，几乎每一篇老师安排的作文都能够被他发挥成韩寒风格的记事文，然后以那个女生为原型。何凉和女生告白失败了，他的伤心顺着动脉静脉血管，通过神经末梢喷薄而出，渲染了整个笔尖，在他最后那篇作文里，女主坐着飞机去了外地，然后在空中，化成一团火光。

喝酒的时候，何凉总会指着自己大喊：“游戏王！”而后在各种猜拳、十五二十、剪刀石头布里输得一塌糊涂。

于是每每他高呼“游戏王！”的时候，我们都会补刀一句“赌穿肠”！

大学那段时间我总骂他是狗，朋友帮只有我和他到了州城上大学。大一开学一段时间心情很低落，于是朋友帮在QQ群里派何凉代表组织来看望我。

可这家伙总是爽约，要么是睡过头，要跨过整个城市坐公交时间来不及，要么就是和朋友约战魔兽副本没有时间过来，要么是穷得叮当响，饿得出不了寝室门。

于是我在电话里怒吼着："何凉！你是狗！"

一天我说："何凉，我还没有在网吧包过夜，要不你来找我，咱俩去网吧包夜打游戏吧！正好我们学校对面新开了一家。"

"好啊，想吃什么不？妹子，我给你带。"

我想了想："我最近爱喝果珍，给我买包橙子味的果珍带来吧。"

他不仅带了果珍还带了随果珍附赠的塑料盒子，被我用来装洗衣粉。去网吧之前，我们到旁边超市买了一大堆零食，何凉边买边颇有心得地说："这个，包夜啊就是要能熬夜，像你这种没有包过夜的，后半夜会很困，千万别撑着，困了你就睡，哥是自己人不会笑话你的。"

画面一转，我兴奋地戴耳机刷副本，旁边的何凉张着嘴流着口水躺在网吧方正舒服的沙发里睡成了狗。

3.

老大、何凉和婷考到了同一所高中，离家特别近，步行上下学十分方便。

中州路两旁的几十年的法国梧桐高大参天，道路两边的树枝在天空交叠，林荫大道上一片莹莹绿绿。

夏天在梧桐树下是清凉静谧的。婷总喜欢时不时向头顶被梧桐参天树枝遮挡的天空望去，然后说：“这日子真好，我们永远都不要变成大人该多好。”

“不变成大人，怎么嫁人啊？”何凉说。

“不嫁人还有你们啊，你们谁到时候没有娶媳妇的话，我就嫁给你们中的谁啊。”

“呵呵，你问过我们愿意不愿意了吗？说不定我们早喜当爹了，哈哈哈！”何凉故作嫌弃地说。

暑假的时候，我拎着一兜刚出锅的馋嘴鸭出现在老大家，睡得糊里糊涂的何凉闻到了香味，立刻从床上翻身起来说：“我马上起！”

到了中午，几个人都在老大家聚齐，吃面的时候，何凉给婷布菜，婷给老大布菜，何凉说：“哎，我给你夹菜，你却给别的男人夹菜。”这时候老大给老五夹菜，何凉顺势说：“而且这个男人还是个GAY！”

老大说：“何凉，我受不了了，你调戏婷一整天了。”

何凉说：“我哪里有调戏，我这分明是关心。”

那天下午，老大拉着何凉说：“何凉，我告诉你一个秘密。”

4.

“何凉，我喜欢你，做我男朋友好吗？高三了，我知道这时候不应该胡思乱想，所以不论你答应不答应，我也都算给自己一个了结。”这个姑娘已经追了何凉很久了。

老大和婷并肩走过，正好遇见这一幕，何凉抬眼看了看他俩，而后对女孩说：“好啊。”

那天起，何凉每天都要去相反的方向，送女孩回家。老大依旧每天陪婷放学，他们四人会在校门口遇到，而后点头道别。

何凉和女孩考到了同一座城市，女孩和我在同一所大学。

大一寒假的时候，婷和老大宣布在一起了，于是两人招呼着请我们这一帮朋友吃饭，何凉一脸坏笑在酒席上一直灌酒。

老大说：“何凉，你小子不够意思啊。”

“去你的，我这是保护你，在大家灌酒之前你先倒下了，自绝于人民面前才显得有诚意嘛！我们都是娘家人！本来妹子少，还被你拐跑了。都说好兔子不吃窝边草，你还坏规矩。你不喝，谁喝呢？”

老大听了觉得有道理，果然自绝于人民，推杯换盏之间就醉倒不省人事。

老七跟婷玩笑说：“你看老大，他能有老五人好，有何凉会说话，有我帅嘛？”

婷笑呵呵的，她说：“我错了，常在河边走哪有不湿鞋，都怪何凉半路抛弃了我和老大，所以我俩只能乖乖就范喽。何凉，你和女朋友怎么样啊？”

何凉已经有些醉意说："放心，你嫁人之前，我一定不会把自己嫁出去的……"

"嫁个头啊，喝酒！"

5.

何凉准备和女朋友分开的时候，对方先他一步提出了分手——她在我们学校喜欢上了其他的男生。女孩控诉着，何凉对自己的若即若离和漠不关心。

何凉多少有些如释重负，也很愧疚。是的，就是分手的那天，我从天而降。

婷和老大在大学毕业的时候也分道扬镳，老大说觉得他们还是更适合当朋友。分手没多久，老大有了新的恋人，很快结了婚。

老大婚礼那天，婷问何凉："何凉，你怎么还不结婚呢？赶紧找个人把自己嫁了吧。"

"等你结婚了我再结婚啊，你个女孩子都不着急，我着急什么。"何凉说。

"谁说我不着急的，其实我也挺想知道我未来老公长什么样子的。"

我看见何凉微微把自己的脸摆成45度角向婷跟前凑了凑。

"你说不会咱这一圈朋友，最后只剩下了我吧？"婷问。

"不会的，我给你垫底，放心吧。"何凉拍着胸脯，颇有英雄气概。

“怕什么啊婷，我这结婚不也没着落呢。”我安慰她。

她看看我说：“嗯，这倒也是，异地恋那么苦逼，有还不如没有。”

没多久婷忽然要离开洛阳，跑到武汉找了份行政的工作，没想到却被同公司其他部门的一个男同事纠缠骚扰，吓得婷边哭边给何凉打电话。

何凉顾不上请假，一个飞的跑到了武汉待了一个星期，每天按时接送婷上下班。时间仿佛又回到了高中的时候。

回到洛阳以后，何凉被扣掉了当季的奖金，并被公司按旷工处罚，但那家伙似乎不在乎，心情开花一般请我们吃饭。

“我觉得武汉那个城市也不错，我想去武汉工作。”

“喂喂，我们在洛阳不是很好么，你们一个两个都要往外跑。”老五抗议道。

“何凉，你不会是……”老大有点后知后觉，“原来你……”

何凉低头笑笑。

“兄弟，你傻吗？为什么不早说？”老大拉着何凉，有些懊恼。

那一晚没过几天，何凉就辞职了，他买了武汉的高铁票，又在婷的小区联系了房子，就等给婷一个惊喜。

他拿出手机，拨通了婷的电话：“喂，我有事和你说。”

“我也有事和你说！”电话那头的婷显得有些兴奋，“我恋爱了。”

“……”

那天晚上，何凉在空间里贴出了网上看到的一段问答：

问：世界上最没用的东西是什么？

答：旧手机的充电器

暗恋时的独角戏

情人节后的鲜花

单身狗的第二杯半价

政客上任的许诺

渴望理解的诉说

花前月下的誓言

回忆里微笑的脸

过期的悔恨

懦弱的容忍

寒假前的作息表

满街的宣传口号

天赋不足的认真

无疾而终的情深

所谓寂寞空虚冷

不可说与人知的疼

失败后的借口

酒桌上的朋友
年轻时为你写的诗
心血来潮时的雄心壮志

收藏夹里的心灵鸡汤
总结汇报的官样文章
额度不够的信用卡
还有我这百无一用的回答

6.

婷婚礼那天，我们一桌子人坐到最后，看她和丈夫挽着手送走了热闹的宾客，然后一脸幸福略有疲惫地回到我们这来，她拿起酒杯对我们说："姐妹儿我今天终于把自己嫁出去了。"然后拍拍身边的何凉说："何凉，你也抓紧啊，这一大桌子可就你没着落了。"

何凉点头说："好，看着你嫁人了，我终于能放心地把自己嫁出去啦！"

我看着何凉，替他心痛着。

"不变成大人，怎么嫁人啊？"

"不嫁人还有你们啊，你们谁到时候没有娶媳妇的话，我就嫁给你们中的谁啊。"

那天的对白深深印在了那个男孩的心底，或许女孩从未当真，但男孩却用十几年的时间完成了跟她的约定，守护她到最后的幸福。

我问他："我能写写你的故事么？"

"可以，可以，直接用真名！"

"你想得美。"

婷婚礼的那天晚上，何凉在微博里写道："感情是不怕时间的流逝的，但人却不能。等到好久不见，感情还在，却物是人非。"

这个城市，有多少爱情的夜行者藏匿其中，揣着一颗热恋的心情，悄悄看着那个心爱的人。像千年古城遗失的子民，反复擦拭流传至今的文皿古器般，一遍又一遍温习你的剪影。

喜欢一个人就是，她的每一句话都会成为你生命中的圣经。你把她装进心里日夜吟诵，你一路朝圣弄得满身伤痕。原来我从此伤春伤别，都只是一个人的脚本。

你或许从来都不曾知道，你的生命中有个等你嫁人的男孩。

我喜欢这样的自己，
悄悄地绝口不提

烟云笼罩着山川，而我爱着你，你立在我心里的山顶，每每抬头看天，就会看到你的身影。不论时光来去，你我都在原地。

1.

沐然和徐平重逢在北京黄昏的暮色中。她穿着毛衣配长款马甲裙，绾着长发在五道口等徐平。一年前，他们就在这里见面以后匆匆分别，又是一个秋天，又是一个久别重逢的夜晚。

初冬的夜晚来得特别早，沐然一边搓手哈气一边等着徐平——她从来没有戴手套的习惯。徐平每每问起的时候，她就会说：

"万一我和喜欢的人走在路上，方便他握着我的手放进他的大衣兜里啊。多浪漫。"而后她会补充一句："女孩子最喜欢这样了，假如你能追到依依，可千万要记得。"

上学的时候，沐然和徐平是前后桌，他们的友谊从一张纸条开始。沐然问徐平："听说你喜欢依依。"

"嗯。"

"为什么不追她。"

"不会啊。"

"笨蛋，不如你请我吃饭，我帮你追她啊。"

"好啊。"

2.

"追求女孩子一定要会写情书。"

"太土了吧。"徐平说。

"哪里土了，对自己喜欢的人，只要是真心诚意的，都会感人的。信纸已经准备好，快写。"

"我的字不好看，要不然我说，你帮我写？"

"真麻烦。好吧！晚上我要吃韩国拉面，加两个蛋！"

"就知道吃。我答应你，好吗？"

"我从来没想过，我会这么喜欢一个女孩，我费尽所有的心思，只为能时时待在你的身旁。我始终没有勇气告诉你这一切，就好像我始终没有勇气拥抱你一次次离开的背影。我知道你要来，就像我知道今天的大雨要下，只是我没有想到雨会这样大，就像我没有想到，你会走进我心底那么深的地方。大雨走了，你走了，这个城市一片拥堵，我的思绪一片拥堵，有关于你的记忆横冲直撞。雨后的这座城市空气澄明，正如我心口的温度，有些微凉。”

徐平说完，沐然的眼睛已经模糊了一片，她有些失神地提着笔。

“沐然，你怎么了？”

“没什么。刚才想打哈欠，憋回去了。”

“你不感动吗？”

“感动你个头。”

徐平有些失落：“你说只要是真的喜欢，就会感人的。看来要么是我口才不好，要么是你太迟钝。算了，还是不要送情书了！”

“你确定？”

“嗯，换别的办法吧。”

“那我写了这么半天怎么办呢。”

“送你了。”

3.

“接下来就是要，身体接触！”沐然说，“我已经都计划好了，周末方特鬼屋走起。保准抱得美人归！”

“跟你在一起我真长见识了，你这电视剧的老段子管用么？”

“当然管用了！女生啊没有不看鬼片的，什么贞子啊、山村老尸，进了鬼屋可没有不害怕的。”

徐平根据沐然的指示约依依一起到鬼屋玩，他说怕自己把握不好非要沐然一起去。

鬼屋里漆黑一片，背影音乐是几十年代的女子唱戏的老唱片，还没进去沐然已经腿软，她哆嗦地说：“你，你们进去吧，我在出口等你们。”

“走啊，沐然，一起嘛！”依依客气地说。谁知徐平大步上前一把拉住沐然的手说：“走走走，怕个啥！”

沐然气得发晕，在心底暗骂徐平是傻瓜，这么好的二人机会都不懂得把握。但关键是她真的不想进去，鬼片看多的后遗症就是想象力太丰富，还没有怎么样已经自己脑补各种恐怖段子把自己吓疯掉。

谁知全程依依都很淡然地往前走，徐平和沐然号叫着抱成一团，原本几分钟就能走完的路，硬是被他俩瑟瑟发抖地走了十多分钟。

沐然没有想到徐平比自己还要胆小，明明进门的时候还信心满满，一副大义凛然的样子。她一半是被自己吓的，另一半是被徐平一惊一乍吓得半死。

4.

一天晚上他们一起在学校的湖边散步，徐平跟沐然说：“明天我应当如何告白呢？”

沐然说：“夏目漱石曾经让学生翻译一篇英语短文，文中男女主角在月色下散步，男主对女主说‘I love you’，他的学生翻译成‘我爱你’。夏目漱石说：‘翻译成今夜月色很美。’就足够了。”

“啥？”

“呆瓜！你想象一下月色朗朗的夜晚，两人并肩而行，男主望着女主的眼睛说‘今夜月色很美’。简直是撩妹的最高境界！懂吗？”

“懂，好像也不懂。”

“懂不懂没关系，你说完后，拉着她的手低头吻她，成功概率很高哦。”

“真的？”徐平两眼放光，“我信你的！”说着他搂着沐然的肩膀说：“你简直是老天送给我的礼物，沐然啊，有你可真好。”

沐然看着徐平微笑：“没关系，你多请我吃点好吃的就行。雷锋叔叔教我们要助人为乐嘛！”那天学校湖边的人并不多，月光映在湖面上碎成许多银色的叶子漂荡着。

“假如我没有遇见你，或许，或许，今夜的月色就不会这么美。”

沐然转头看着快乐的徐平：“学得可真快。嗯，今夜的月色也很美。”

“真的？”

“真的。”

5.

“又不戴手套！”北京的街头，徐平见到沐然的第一句话。沐然惊得抬头，然后看向徐平的手说：“你不也没戴手套么？”

“走吧，我就吃吃亏喽。”说着他牵起沐然的手塞进自己的大衣兜里，“咱俩只能这样取暖了。”

徐平带沐然到自己在北京最喜欢的酒吧。

“这里的酒都很不错哦。”

“我ok啊，我工作已经完成了，明天下午的飞机，奉陪到底。”沐然说。

“敢不敢把这里的子弹杯都试一遍。”

“好。”

从龙舌兰到柠檬滴，从燃情百加得到圣鹿力口，他们不仅尝遍了子弹杯，还有烈酒吞杯和玛格丽特。

酒吧里的外籍歌手抱着吉他唱着歌，旁边几乎都是外国留学生。沐然对着歌手，眼神微醉迷离，徐平从沐然地对面坐到了沐然的身边，将手臂放在她身后的椅子上。

“徐平，我很怀念上学的时候。天天帮你追依依，也挺好的。”

“我也很怀念。”

“只可惜，我从来没有坐过你自行车的后座。”

时间已经指向凌晨。徐平走向吧台对酒保说了几句话。“走。”徐平拉着沐然的手，往酒吧外走去。

“干吗？”

“兜风。”徐平拿出手里的自行车钥匙，“酒保的。”

酒吧外一辆山地自行车躺在门口，没有后座。

徐平跨上车，拉着沐然往前坐。“不会吧！徐平，这，这好像小时候坐爸爸自行车一样啊，谁还坐前面！”

“路上又没人。来吧，沐然，你信不信任我？”徐平跨着车。

沐然站在路边，看着月色和灯光揉碎在一起洒在徐平的头顶，还是青葱时候那个阳光的男孩。沐然缓缓点头说：“我当然信任你。”说着走到车前坐了上去。几乎是坐在徐平的怀里。

他的呼吸从她耳畔掠过。两人尖叫着、笑着，流浪在北京夜晚的马路上。

“徐平你看，今夜月色真美。”

“嗯，是很美。”

他们和往年一样分别在见面时的路口，徐平目送沐然打车的身影然后转身走向来时的路，他经过傍晚远远看到沐然的路边，灯光下的垃圾桶里，躺着一双男士加绒手套。

6.

沐然在返程的飞机上偶遇了当年的同学，两人聊着聊着就说到了徐平。

“徐平？看鬼片？可拉倒吧，去个鬼屋比我叫的声音还大。”

“怎么会，”朋友说道，“我们也一起去过鬼屋啊，他全程很冷静啊，人家演鬼的演员都觉得好失落，一直追着拍他肩膀，被他一个冷眼甩了回去。我生怕人家演员职业生涯遭受挫折、心理遭受暴击，遇到个这么淡定的主，恐怕被打击得晚上回家得哭半天。”

沐然有些失神，她恍然回忆起那个他们在鬼屋的下午，她将脸埋在徐平的怀里，昏暗的灯光之下徐平的嘴角仿佛挂着微笑。

徐平到中午才起身，他走到桌子前拿起上面鲜红的喜帖，沐然和她老公的名字并排写在上面。

分开的时候，沐然将请帖塞进徐平的手里说：“你能回来吗？”

“一定回去。”

沐然望着徐平说：“算了，你别回来了。我怕我会哭的。”

“傻丫头，你会是最美的新娘。”

“徐平，如果你爱一个人，怎么样才能长久。”沐然忽然停下脚步回头问他。

“像收藏今晚的月色一样，把她永远放在心里。悄悄地绝口不提。”

7.

许多年前的时候，徐平和沐然还是学校的同学，徐平和好朋友一起在路上走着，好朋友说：“谁还不知道啊，你不就喜欢……”

这时沐然骑着自行车和两人迎面而来。

徐平慌忙捂住朋友的嘴说：“啊，对对，我喜欢依依！依依！”沐然戴着耳机面无表情地从两人旁边飞速骑过。

“你小声点啊，差点被沐然听到！”徐平拍着朋友的肩膀。

“哎呀，婆婆妈妈的，你喜欢沐然直接告白不就得了。人家拒绝了也省得你惦记啊。”

“我喜欢她，所以我更希望和她长长久久。万一、万一告白失败她总躲着我，我更难过。”

“那万一人家喜欢你呢？”

“怎么可能。”

那天晚上，沐然回家里后哭了很久，她反复在纸上写着徐平的名字，她知道自己放不下他，而后第二天她鼓起勇气给徐平写了一张纸条，上面写着：“我帮你追依依吧。”

8.

沐然婚礼那天，徐平站在办公室里，抬头看了看窗外的天空和林立的写字楼，想着千里之外的她此时该有怎样的幸福。

想着她穿婚纱的样子，

想着她从舞台上的幔帐后，款款走向新郎的样子，步步生莲，笑靥如花。

花瓣从空中飘散下来。或许在婚礼上，她会跳一段舞、唱一支歌。

而后，他们牵手对视，交换戒指，相拥而吻。

我知道你要来，就像我知道今天的大雨要下，只是我没有想到雨会这样大，就像我没有想到，你会走进我心底那么深的地方。大雨走了，你走了，这个城市一片拥堵，我的思绪一片拥堵，有关于你的记忆横冲直撞。雨后的这座城市空气澄明，正如我心口的温度，有些微凉。

我给你的爱，还在老地方

不是旅游季节，火车上人并不多。从西藏回来，途经丽江转回大理，徐海见到了去大理做义工支教的竹子。火车缓缓前行，窗外的蓝天映着她的面容，阳光在她的眼中化成夜晚的萤火虫。

火车上徐海和竹子一路聊着天，他发觉眼前的姑娘开朗而善良，他突然萌生了不舍的情绪，于是决定不和同学一起走，留在大理多待几天。

到了大理第二天清晨，竹子让徐海陪着自己去找一家酒吧。那家酒吧，有一个高大的留言墙，上面贴满了多年来旅人留下的纸条和心愿。

竹子站在墙边一张一张看过去，像是在寻找什么。找了许久，她终于在一张纸条前面哭泣起来。

“毛子和莲子，我们就要结婚啦！2000年喜欢上他，到如今两人就要奔赴回成都开始新的生活，这是一辈子的爱。2012年6月10号。”

纸条旁边是一张合照，上面的姑娘和竹子眉眼有着一样明媚的光芒，她和一个男人贴着脸对着镜头大笑。

那是竹子的姐姐莲子，旁边的是她青梅竹马的恋人毛子。她们的爸爸在她们还在上学的时候，得了病去世了。莲子伤心很久，于是大学选专业的时候，毛子学了医学，他说要守护家人，不再让莲子难过。

他们度过难熬的四年大学异地恋，男孩回到成都一家医院工作。他们计划先存几年的钱，然后在成都结婚买房。

日子原本是幸福而宁静的，相爱的恋人原本预设的是美满的结局，两人在蜀都过着柴米油盐的小日子，然后一起老去，儿孙绕膝。但命运往往出人意料，老天容易反悔，给了的东西，却又收回。

那天是毛子的生日，两人一起吃完晚饭毛子送莲子回了家，就回医院值班去了。却没有想到，那晚毛子的同事竟然遇到医闹的家属，他冲上前去挡在前面，重伤不治。

莲子痛不欲生，几乎失去了所有的希望。过了一阵行尸走肉般的生活。

她说，他们连分别的拥抱都没有，她听到毛子的最后一句话就是：“明早下班了，我给你准备早餐。”

莲子常常对竹子说，她好希望能够回到报志愿的那天，告诉毛子，不要学医了，我们报一所大学，毕业了就在成都开个小店，过平凡普通的日子就好。再或者回到那一天，莲子任性一次，不让毛子回去，或许他还能活着。

莲子始终走不出来，心结难解，后来又慢慢迷上了藏传佛教，她告诉竹子，自己一辈子都不会再爱别人。

每天清晨起来，徐海都会到竹子的客栈找她，他们散步、聊天、喝酒，十多天的时间，几乎没有怎么分开过，走遍了大理大大小小的角落。

从来没有一个人和自己那么契合，竹子眼中的萤火虫般柔软的微光，飘进了徐海的心里。分开前的晚上，徐海问竹子以后有什么打算，竹子说："原本我打算支教完，回成都存钱开个小店，收集各种好玩的物件，然后售卖时光卡片。"

"时光卡片？"

"嗯，可以邮寄明信片，也可以写下一些话语，五年后小店负责投递出去。我没有时光机器，不能让毛子哥哥复活。但我也想做点事情，来纪念他们的爱情。"

那晚走之前，徐海和竹子拥抱告别，她小小的，埋在徐海大大的臂弯里。他坚持不让竹子去送他，潇洒地说："不喜欢离别的愁绪，咱们不如江湖再见。"

其实他是怕竹子挽留他，因为他知道，自己一定不舍得走。他送她到客栈门口，像这十来天每个夜晚一样，如同他们深夜在湖中心看到的银河一般，用尽全身的微光守护着她。

他知道自己爱上她了。

开学以后徐海回到北京，他们还保持着联系，每天都会交换一天的生活。大三暑假开学前，竹子给徐海打电话说自己要到北京去找工作。

徐海兴奋极了，提前从贵州赶回北京，到机场去接她。人群中，竹子就像暗夜里的灯火，徐海在人群中一眼就认出了她。

她的长发已经剪短，她说支教的时候长发很不方便，剪短了以后感觉很清爽就没再留长。徐海陪着她在北京找了房子，采买日用品，没想到能够和她生活在一个城市。他们像情侣一般打发所有业余的时间。

徐海从没有问过竹子为什么来北京，仿佛她做的所有的决定都是对的。

快乐的日子并没有持续太久，她突然说她要回成都，说家里有更好的工作。眼前的姑娘面容苍白地坐在徐海的对面。她看着徐海的眼睛，看得他心痛。

徐海很想挽留她，可想起竹子姐姐的事情，他知道竹子或许是她妈妈心底最后的安慰。他不应该自私地只把她留在自己的身边，何况，他的未来也还居无定所。

徐海说："好，女孩子离家近也不是坏事。将来我也可以去成都看你啊。贵州离成都也很近。"

"你明天也不要去车站送我。我们就此分别吧。"徐海还没有说话的同时，竹子已经扑进他的怀里。竹子的眼泪打湿了徐海的衣服，也打湿他的心。

半年时光匆匆流逝，毕业以后徐海计划离开北京，走之前他问竹子："你以后都留在成都了吗？"

"嗯。"

"不如，我去成都工作吧？"

徐海在去成都的前一天，接到家里电话，他的爷爷病情加重生活已经不能自理，父母一直瞒着他，如今两人轮班照顾已经力不从心。徐海握着去成都的机票，在寝室呆坐了许久，而后拿着笔飞快地在机票上写着什么。

回到了贵州家里，和竹子的联系从频繁到偶尔问候，一天晚上，竹子发来一条微信，又迅速撤回。徐海点开看到几个字，还没有细看已经是空白一片。

第二天，竹子在朋友圈里写着：从此不再是一个人了。下面是竹子和一个陌生男人的合照。

那晚徐海整晚失眠，他问她："什么时候恋爱的。"

"去北京前家里介绍的。"竹子回道，"其实，当初就是不想相亲，所以才跑去北京的。"

"他对你好吗？"

"很好。他人也很好。"

"那挺好的呀，祝福，祝福！"

竹子很有爱心，回到成都以后做了幼儿园的老师，朋友圈里，经常可以看到她和孩子阳光的笑脸。

落日熔金，路边的车镀上了一层金灿灿的光辉，天空的颜色从橙的、黄的，过渡到蓝的、灰的。云朵如棉絮一般浮在半空中，越向日头越稀薄。

人生中，曾看过无数次的日落，总觉得明天还会升起，于是在日日流逝的时光里，不复珍惜。人生中，曾爱过那些人，总觉得明天醒来还在身边，于是在上班下班的熙熙攘攘里，走失了最爱的人。

兴义最繁华的街角在许多年后出现了一家贩卖时光的机器，写下给自己的一段话，你可以选择一年、两年、五年或者十年后，寄送给自己。

大理的星光依旧很灿烂，徐海熄灭了手中的烟跟我们缓缓讲述那个叫做竹子的姑娘。他明天就要踏上去支教的路，他说竹子后来结婚了。

回到竹子曾经住的那家客栈，徐海拿出了那年的机票贴在了客栈的留言墙上，票上写着几个字：“竹子，等我。”

走过一些人生的路以后，我们多少才会明白，有的人如流星划过偏偏砸进你的心窝，可她终究不是这个星球的归客，但她的微光曾经映入你的眼眸，而后你穷其一生都在追寻最初的心动。

我一直在原地等她，还好，她回来了

“亲爱的，你看到了吗？冰岛的极光。”

01.

一别多年他还是会梦到她，她站在马路的那一头，秦怀站在马路的对面拼命向她招手，喊她：“你去哪儿了？你去哪儿了？我在这儿啊！”

女孩站在对面好像看到了他，又好像没有看到，她脸上依然挂着若隐若现的微笑，而后面前一辆公交车挡住了彼此的视线。车离开以后，她就跟着消失了。

是的，她又消失了，在他的世界里。所有的光芒瞬间暗淡下去，黑暗的梦境里，一片孤寂。

秦怀缓缓睁开眼睛。

我以为，我已经忘记你了。

窗外清晨的光芒已经从窗帘的缝隙中射进一角。秦怀看看表，今天要去参加公司的拓展训练。

回到州城已经是第三年了，他们失去联系也第三年了。

秦怀从来没有参加过这样的培训拓展。所有的人都进入到了彻底漆黑的“黑房子”，在伸手不见五指的环境下，完成教官给的指令。

每一组都有督导员。所有人都以为督导员戴着夜视镜，没想到培训结束以后大家才发现督导员都是盲人。

直到秦怀看到其中一个督导员，命运的齿轮重新转动。

02.

昭阳的世界一片灰暗，她没有关于光明的记忆，如此不至于让她过于痛苦。她在姐姐的帮助下，到了一家培训机构上班，过上了尽可能正常人的生活。

下课的时候，有男人上前和自己说话，她听得出来是来上课的学生。男人和她交谈了一会儿，昭阳就离开了。

晚上朦胧接上昭阳和姐夫王奇，还有他的朋友一起吃饭，昭阳听得出来，那是白天上课时候的那个男人。

他叫秦怀。

因为是王奇请客，于是让客人秦怀点菜，秦怀也不客气地拿着菜单点起来，细心的昭阳发现，秦怀和自己的口味很相似。

秦怀很幽默也很细致，他时常给昭阳布菜，让朦胧对他很满意。

“王奇，你朋友可比你温柔多了。”朦胧说道。

秦怀跟昭阳要了电话，随即对朦胧说：“朦胧，以后方便的话，我替你去接昭阳下班，你可放心？”

“放心放心，我这个妹妹我一直捧在手里。你是王奇最好的朋友，除了你，其他人我可都不放心。”

秦怀的声音低沉而温柔，像是提琴声又像是钢琴声。总之，悦耳极了，昭阳这么想。从那天起秦怀周末时不时就会来接昭阳散心。

“你喜欢他？”回到家以后，朦胧问她。

“姐。”

“你害羞什么。我看秦怀人挺不错的。”

“可或许他并不一定能喜欢我。我只是觉得他像是我黑暗中忽然冲出的极光，让我措手不及，却也惊叹不已。”

“可我看他，不像不喜欢你啊。”朦胧说。昭阳心口一暖。

“他，长什么样子呢？”

朦胧将昭阳的双手放在自己脸上：“比我的眉毛粗而平，眼睛长长的，双眼皮不明显。鼻梁比我高，嘴唇没有我的厚。脸庞嘛，应该比我大。嘻嘻！”昭阳和朦胧笑成一团，“关键是，他看你的眼神，我都要被融化掉了。”朦胧搂着昭阳说。

03.

"愿意为我弹一首吗？"秦怀带昭阳来到了一家咖啡店，他拉着昭阳走到了钢琴边。

"你怎么知道我会弹钢琴？"昭阳坐在了椅子上。

"呵，看你的手指我猜的。"

弹琴的时候，昭阳知道秦怀一定认真地注视着自己。她弹了很短的一段，是《海上钢琴师》里男主角在看到爱人时候弹奏的曲子。

坐在一边的秦怀，听到这首曲子，眉目微动，随即脸上露出笑容。

"为什么带我来这里。"

"这么些年，我时不时都会来这里坐坐。等一个人。"

"你女朋友吗？"

"嗯。"

"她，好吗？"

"很好，像个天使一样善良。"

"你很爱她。"

"嗯，非常爱，非常疼惜。"秦怀说，"我曾经在这里跟她求婚。"

昭阳握紧了双手，尽量掩饰心中的伤感和难过。

"你们分开了？"昭阳问。

"不，我们把彼此弄丢了。"秦怀说。

她能感受到秦怀对未婚妻的爱有多深，隔着空气都能听出他心里的伤感。昭阳心底忽然生出对自己人生的悲悯。

此前她从没有想过要软弱。她怕朦胧伤心，始终都让自己看起来知足而平静。可这一次，她特别想问问老天，为什么要给自己如此可悲的境地。

身边的男人，明明自己爱上了，却仿佛永远也走不进他的内心。

昭阳觉得自己的心瞬间就苍老了，一个连生活都还不能完全自理的人，有什么资格渴望爱情呢？说不定自己长得也很难看，或许他对自己好，出于同情或者出于对王奇的友好。

“我累了，我想回去了。”

“昭阳。”秦怀拉住昭阳的手，又缩了回去，“陪我再坐一会儿吧。”他的声音还是能够拨动她的心弦。

电话响起，昭阳听到朦胧的声音忍不住泫然泪下。她慌忙拭去泪水。

“昭阳，”秦怀紧张地走到她旁边俯下身来，“你怎么了？哪里不舒服吗？”

“秦怀，我不想待在这里，我们出去好不好。”

回到家里秦怀和朦胧打了招呼就离开了，昭阳躺在朦胧的腿上边流泪边告诉她秦怀有个难忘的女友。

昭阳躲了秦怀好几天，直到他气急败坏地出现在自己家门口。昭阳躲在房间里，朦胧打开门，双手抱肩斜靠在门上，对秦怀说：“我们谈谈。你和王奇究竟有什么事情瞒着我。”

04.

许多年前的那个下午，秦怀还没有遇见他的未婚妻。

王奇在电话里面暴跳着说："秦怀！你丫的，让我找到你我弄死你啊！"

秦怀一脸笑嘻嘻地站在地铁里："不好意思，我已经逃离案发现场，有本事你来叫停地铁，你在那里和心上人慢慢相处啊。"

耳机那头咆哮道："秦怀！老子恨你啊！！"

"有点出息吧你，七尺男儿见到梦中情人竟然结巴，再不努力，女神都要跟别人跑啦，你恨我就恨我，以后记得谢我。我回学校了，明天就不送你去高铁站啦，晚上不必来找我，把握机会，告白完赶紧滚回你的城市去啊！"

秦怀得意扬扬地挂掉电话，脑补王奇抓耳挠腮面红耳赤的表情就觉得好笑。

地铁奔驰向前，他低头看向身边，一个姑娘吸引了秦怀的视线——她戴着耳机，两只手手指律动着，腿上放着一摞五线谱，她应该是在跟着音乐熟悉乐谱。

齐耳的短发别在耳朵后面，额前的刘海下，如扇的睫毛一翕一动，手指修长干净，没留长指甲涂了透明色的指甲油。

她下站前，腿上的谱子散落一地，秦怀慌忙弯腰帮她捡起，女孩接过谱子对他点头微笑，转身离开。

再见到她，是在周末国贸的咖啡店，女孩认出了秦怀说："是你啊。"

秦怀喜出望外：“你，来逛街？”

“不，每周我都会来这里打工，弹钢琴。”

“你好，我叫秦怀。”

“你好，我叫昭阳。”

昭阳和秦怀的大学正好在城市的对角线上。那天下午，昭阳深吸一口气拿出更多的优雅情绪，按动琴键。她没有弹经常弹奏的曲子，而是选择了《海上钢琴师》里，表达爱意的曲子。

从那天开始每周秦怀都会去咖啡店等着和昭阳邂逅，然后安静地听她弹一下午的琴，再请她喝一杯咖啡，聊天谈心。

05.

昭阳从来没有谈过恋爱，姐姐一直将她保护得很好，从小就禁止闲杂男生近身。那个下午学校没课，她走下台阶就远远看到了那个穿着白上衣牛仔裤的男生。

昭阳第一次觉得目光被人吸引着，化都化不开。她悄悄地走到他的旁边，男生笑着和朋友打电话，神采飞扬，空气里都是阳光和青春的味道。她脸红低着头走上地铁，坐在离男生最近的位置。

想着一会儿还有随堂的钢琴课，她不得不收敛心思戴上耳机复习乐谱。一不留心差点坐过站，昭阳慌忙起身，谱子掉了一地。一双修长的双手出现在昭阳的视线里，她抬头的时候和男孩的目光相遇。

昭阳瞬间涨红了脸颊，道声谢谢起身匆匆离去。她看着地铁离开的方向忍不住发笑，却又忍不住地失落。

他的身影就像流星一样，让她过目难忘却也匆匆而去。

“从前，有个男人，他特别喜欢画画，有多爱画画呢？就连他的妻子躺在床上奄奄一息，灵魂盘桓之际，他没有悲切地恸哭，而是转身拿起画笔，为妻子画像。是不是很变态？”

秦怀的余光看到昭阳点点头，她还是会不经意间感到羞涩。

他是那样的温柔，身上有好闻的味道。

“但其实，他是个很深情的男人，今天卖个关子。下周末有个画展，你愿意和我一起去吗？”

“画展和答案有关系吗？”昭阳眉目澄明。

“当然。”他点头微笑，昭阳望着眼前的人，心思摇曳得像清风下的湖水。

画展在城郊一处艺术中心举行——这里原本是一个旧工厂，如今很多这类的工厂被文艺人士改造一番，便成为新的艺术聚集地。整个艺术展的色调都是灰白色，墙上挂的作品一个景色，几幅画下来却有不同的光影感觉。

这些作品中，一个美丽而温柔的女人经常出现，她时而穿着白色洋裙撑着伞，时而在草地里坐着。画展的主题叫做“印象”。

“故事的男主角叫做莫奈，一个用一生追逐光影的人。他这一生最爱的就是他的妻子，几乎很多作品中都有她的身影。当他明白自己留不住她的时候，他拿起画笔，用最后的色彩留着他一生的挚爱。”秦怀看到昭阳眼中隐隐有感动的泪光。

“昭阳，我曾经在一个下午的地铁上喜欢上了一个女孩。那一瞬间，我忽然之间明白了莫奈为什么画里永远只有一个女人。你愿不愿意，做我的女朋友？”

06.

他们成为了最亲密的恋人，上演着城市对角线的爱恋故事。昭阳问秦怀有什么梦想吗，秦怀拉着昭阳的手说：“两个梦想，娶到你，然后带我媳妇到全世界旅游。第一站就去冰岛看极光。”

直到大学毕业前的一个下午，昭阳周末照常到国贸的咖啡店准备上班，天街的屏幕忽然变换成美丽的极光。

秦怀亦步亦趋走到昭阳的面前，单膝下跪：“我从来没有想过我会这么爱一个姑娘，你就像我生命中的极光，昭阳，你愿意嫁给我吗？大学毕业以后，我们就结婚吧。”

他们拥抱在绿色的绚烂光芒之下，就像拥抱彼此的世界。

第二天昭阳忽然消失，再没有出现。

她的空间再没有更新过，因为加密除了秦怀并没有其他人能进去，秦怀也没有她身边人或者亲人的联系方式。她就像断了线的风筝，永远消失在秦怀的生命中。

07.

“谁？昭阳？”王奇惊呼，这与他们身处的餐厅格格不入。他压低声音问，“你确定？！”

“嗯，她的眼睛似乎看不到了。我上前说我的名字，可她很陌生，并不记得我。我不知道她是因为出了变故故意装作认不出我来，还是……”

“哎，这可真不好说哦，我听朦胧说她妹妹就是，大学刚毕业经历了车祸，警察局的人通知了，家人才赶到医院的。姑娘失明了，还失了忆。我以为这种剧情只有电视上才有，原来这种出车祸的，真的会失忆啊！”

秦怀不禁失神，昭阳到底当年发生了什么。

他回想起自己黑暗而绝望的那一年，像疯了一样去全世界找她，他不止一次到她的学校求老师给他家里的联系方式，听说换了号码。他用尽了一切办法，却无可奈何。他甚至担心她是不是被害了，天天在噩梦中惊醒。

他从来没有尝过被抛弃的感觉。似乎是不明不白地死过一次。

“待会儿朦胧妹妹来，你可别大惊小怪的啊，省的人家心里难受。”

“嗯，好，我知道。”

朦胧妹妹和朦胧长得很像，只是澄明的双眸已经失去了光芒，秦怀觉得心都被揉碎了。眼前的人，是自己朝思暮想的姑娘，是那个几年如一日出现在梦中的身影。

“那是昭阳啊，我的昭阳！原来她几年前的失踪是因为失去了记忆！”王奇和秦怀一样震惊，秦怀给王奇使了眼色，王奇故作镇定地没有表现出来。

“我该如何重新回到你的生命？”秦怀失神地看着她。

秦怀接过菜单，看着对面的姑娘，他暗下决心，重新追求昭阳。假如命运让我们错过一次，这一次我一定要紧紧抓住你，从此我们只有死别，不再生离。

“你记不记得我没有关系，我不会再放你走。”

08.

和朦胧聊完，秦怀推开昭阳的房门，阳光从窗外蔓延进来，白色的窗纱随风摆动。

昭阳坐在桌前，阳光为她的侧脸镀上一层金边，她雪白的皮肤泛着透明的光亮。美得像个不染尘世的天使。

秦怀从身后轻轻地抱住她：“听说，有人喜欢上了一个男人。”

昭阳全身一紧：“我姐出卖我。”

“所以你承认了。”

“可我配不上你。”

“你都还没有和我好好相处，怎么知道配不上我呢？”

“那你的前女友呢。”

秦怀一愣，随即在她耳边说：“其实，我爱的是现在的你。”

昭阳问："真的？"

秦怀说："当然，我对你讲起她，说明我要和她永远告别了。未来的日子，我会用尽全力去爱以后的你。"

那一年，秦怀带着昭阳真的去到了冰岛。当漫天的极光出现在眼前的时候，秦怀对昭阳说："极光像风、像曲线、温柔得也像你的睫毛。"昭阳站在他的身边暖暖地微笑，她张开双臂，让冰冷的空气划过指间："秦怀，我好像摸到了极光！"

秦怀忽然想起那天朦胧知道真相后问他："你不打算告诉昭阳吗？"

"不了，昨日的她都已经过去，提起来怕她感伤，也怕她徒增烦恼。我一直在原地等她，还好，她回来了。"

秦怀看着身边的昭阳，对她说："我从来没有想过我会这么爱一个姑娘，昭阳，你就像我生命中的极光，从此以后，我们再也不分离。"

一往情深深几许

1.

来北京出差的第一晚，刚结束了一天跟合作方的汇报会，杜若回到酒店，走出电梯，见到一个打扮精致的女人，扶着一个有些醉酒的西装革履的男人。

杜若并没有仔细看，走近了才发现那女人她认识——孙艳菲。

“艳菲？”杜若没有停下脚步，走近她打招呼的同时，杜若忽然意识到她搀扶的是谁，心瞬间坠了下去。

杜若没有想到在北京出差的时候，会在酒店遇到她和霍清明。

艳菲扶着几乎已经烂醉如泥的他，“小若姐。”她看到杜若也有些意外，而后下意识地想尽快带着他离开杜若的视线，“霍律师，杜若扶你回屋休息吧。”

杜若本想问一句他没事吧，可硬生生地将话吞了回去。

霍清明一直低着头，就在杜若准备转身走开的时候，他忽而抓住她的手臂，然后一寸一寸抬起头来，直视着杜若的眼睛说：“你送我回去。”

一边的艳菲当作没有听见，轻声说：“霍律师，你喝多了，赶紧回屋吧。”

他一只手仍旧死死地拉住杜若，另一只手甩开艳菲：“你回去吧，”而后转向杜若几乎用命令的口吻说：“你，送我回去。”

眼前的这个男人，是杜若爱过的人。

他曾经让她心碎，让她绝望，让她几度死，又几度生的人。

是她最想看到，又最不想见到的人。

她已经辞职离开了律师事务所，谁也没想到千里之外又和他相遇。

杜若叹了口气，“艳菲，你把房卡给我。”

她迟疑了一下，虽然不情愿，但还是把房卡递给了杜若。红色的指甲油在白皙的手指上，落寞地映着灯光。

天知道，他们为什么要如此折磨。

他是杜若曾经律所的大律师，入职的时候他并不是她的老板，她只知道他是律所里一位很有名的律师，拿着不可企及的收入。

艳菲是比杜若晚两年入律所的新人，一进律所就跟了霍清明的小组。

律所里，有两个人倾慕着他。一个是杜若跟的律师卢蕾，一个是艳菲。

2.

一次合作项目中，卢蕾因为另外一个case出差去了外地，艳菲因为是新人，他们组其他人手上都有案子，所以杜若干脆做起合作项目他的助手和秘书。

第一次见到他和服务方开会的时候，一种仰望的情绪就从心底升起。杜若坐在椅子上想，自己什么时候才可以和他一样独当一面，不卑不亢。

那段时间，流感席卷了这座城市。

一天上午杜若收到他的微信——他貌似生病了，而手头的案子又急需他最后敲定，所以他让杜若到他家里开工。

他的家里，并不像想象中霸道总裁的洁癖风，也没有动辄几千块的杯子。反而很温馨随意。

他戴着口罩，穿着卡其的鸡心领毛衫，里面一件白色的贴身长袖，灰色的居家服裤子，额前的刘海散下来，有些疲惫慵懒。

“吃饭了吗？”他问杜若。

“没有。”

“我煮了早餐。”

“霍律师会……做饭？”杜若怯怯地问，以为自己遇到了又会赚钱又会做饭的电视男主。

“不会，我本想给自己煮个白粥炒个小菜，结果弄不好，难吃死了。”

“那你干吗问杜若有没有吃早餐。”

“我想，如果你没有吃，你可以帮我也做一个。”他窝在沙发里，手上拿着文件开始翻阅。

杜若绞尽脑汁想想，我也不会做啊，翻翻冰箱，也没什么食材，“面包牛奶可以吗？”杜若问他。

“我想喝粥。”

“喝粥。还真任性。”杜若在心里嘀咕。

煮个粥她还是会的，再顺便炒个番茄鸡蛋，炸个馒头片。没想到他竟然吃得津津有味。

从那天起，连着几天杜若都到他家报到，前一天下班后她会跑去超市采购些蔬菜，然后再计划一下明天做什么菜给他。

蔬菜量都会买双份的——前一晚自己在家试着做一做。

买菜的时候，有种恍惚的感觉，仿佛自己是个家庭主妇，为自己心爱的人筹备可口的晚餐。

其实霍清明的病早已经痊愈，只不过两人都不提，还是心照不宣地在家办公。为此，她心中也有过窃喜。

3.

项目结束的时候，项目提成很快打到了杜若的银行卡上。霍清明请两个项目组的所有同事到KTV庆祝，现场自己掏腰包出了红包发给杜若和艳菲。

中间的时候他举着杯子坐到杜若身边，轻轻说了句：“饭菜做得比我做的好吃，谢谢你了。”

想着从此以后又恢复到各自的平行线上，即便有合作的机会，也难以再有为他做饭的机会。杜若的心里略微苦涩。

但她还是轻松地对他微笑：“谢谢霍老板的红包，值菜价了！”

“金童玉女出手，没有完不成的大项目！”同事起哄道，“我们敬两位大律师一杯！”

卢蕾莞尔，自然地走过来挽着霍清明的胳膊，“没有办法，老搭档了，是吗？”

霍清明笑着跟她碰杯：“有钱大家一起赚。”

玩游戏的时候，卢蕾在桌子上放了两千块，顺手倒了一杯烈酒：“来，你们这群淘气的孩子不是最爱我撒钱了吗？一杯酒，两千块，谁先开头？”

同事们兴奋地争着喝酒，随着浓度的上涨，卢蕾甩出来的奖金也越来越高，从两千、五千、八千、一万、到两万。

“马上要两万了，霍律师不赞助下？”

霍清明淡淡笑：“好，都依你。”

卢蕾会心地对他报以微笑，杜若在一边看得痛彻心扉。

两杯烈酒，一点雪碧不加。

“我来。”杜若走上前去。

“小若你能喝酒吗？”项目组的姑娘担心地问。

“霍律师的两万大洋，当然要拿。”杜若逞强地说道，而后将两杯烈酒灌下肚子。

霍清明微眯着眸子，笑着看着杜若，若有所思。

“可以啊，小若，以后大客户，璐姐可就带着你去了。”卢蕾笑道。

杜若慌忙捡起手边的饮料灌了下去，拿起桌子上的钱：“谢谢老板。”坐在沙发上的霍清明眼中有着忽明忽暗的光芒。

后来的娱乐，杜若基本参与不了，没多久就跑到包间外的洗手间吐得七荤八素，门外响起了敲门声，霍清明低沉的声音在门后响起：“是我。”

杜若用清水漱漱口，对着镜子整理额前的散发打开门。霍清明站在门外。

“怎么了？霍律师。”霍清明往里走了走反手关上门，杜若本能地向后退，她以为霍清明要用卫生间侧身想要出去，霍清明拉住杜若的胳膊扯回怀里，对着杜若的唇吻了下去。

杜若脑子一下子全乱了，手脚都软在霍清明的怀里，周围都是他身上淡淡的范思哲香水味。

4.

霍清明专业实力很厉害，年纪轻轻就已经在圈子里小有名气。他接手的案子基本都是大单。而杜若始终都是部门里的助手岗位，拿着一月五千的死工资，在上海飘飘荡荡。

第二天杜若一整天都没有见到霍清明，晚上加班完后自己打车回家，霍清明的小区碰巧在她回家的路上。她叫停了司机，走下车来，站在小区门口呆呆地望着。

转身想离开的时候，被霍清明迎面遇上。

“你怎么在这儿。”

“我，我……我碰巧经过”

“上车吧。去哪儿，我送你。”

杜若恍恍惚惚开了车门，坐在副驾驶。

“以后不要像昨天喝那么多酒。”他淡淡说道，眼睛看向窗外。

她心虚地把头埋得很低，心想着霍清明是否还记得昨晚迷乱的吻。

“卢蕾带你见客户，如果你不愿意，也可以不喝。我们是律师，不是公关。”他将胳膊放在车窗上，撑着额头。

车外的霓虹灯光将他棱角分明的侧脸，晕上一片温柔的色调。

“霍律师和我老板……确实很般配。”

霍清明回过脸来，看了杜若一眼：“她是我大学的同学，进律所前的女朋友。不过因为进入同一家公司，而我们彼此都太过强势，所以就分开了。”

杜若有些惊讶于霍清明的坦诚：“我，没有要八卦你们的意思。”

“你真的不关心吗？”空气里瞬间弥漫着暧昧的气息。

“像卢蕾那么有魅力的女性，我们都很羡慕。”她的声音越来越低，用牙齿咬住嘴唇。

“哦。”他心不在焉地应了一声，而后将手覆在杜若的手上：“手怎么这么冰，是空调开得太冷了吗？”

“不，不冷。”杜若转过头去望向霍清明，他回过头来微笑地看着杜若的眼睛：“明天是周末，早上来我家做早餐吧。”

周末没事的时候，杜若都会到霍清明家里去给他做早餐，而后霍清明带着杜若钓鱼或者在近郊旅行，但他们休闲的时间也并不都在一起，霍清明的工作繁忙，应酬也多，能藏在他身后，做个小女人，她已经很知足。两人走路的时候，杜若会紧紧挽着霍清明的胳膊，几乎是将他的手臂环抱在自己怀里，偶尔他开车的时候，她会从身后勾着他的脖子，撒娇地问他自己重不重。

她觉得自己所有的爱都被他晕染开来，心底涟漪阵阵。两人的恋情始终没有在事务所公开。

“我做的早餐有那么好吃吗？”杜若问霍清明。

“不好吃，”他诚恳地说，“只不过我喜欢看你为我做早餐的样子。笨手笨脚却无比地认真。”

“所以，你真的是在夸我吗？”杜若趴在他的胸口，看着他俊美的五官，悄悄地在心里陶醉。

他低头看她，揉揉她的头发：“你说呢。”

“你为什么会喜欢我？”杜若问霍清明。他没有看她，眼睛向前看去而后在她嘴上轻啄一下说：“我要加班了。”

杜若在公司一整天没有见到霍清明，下班以后杜若坐地铁回到自己小区楼下，霍清明忽然从车上走下来，从身后抱住杜若。

杜若吓了一跳：“你怎么来了？”

“我带了酒，上你家坐会儿。”不由分说，霍清明走上楼去。杜若的房间一室一厅，却被她收拾得温馨舒适。霍清明脱掉鞋子，坐在客厅的地毯上，解开领带。杜若拿出家里的食材——那是她准备周末带去霍清明家里的。

杜若说不清霍清明身上哪里有什么不对，他一杯一杯下肚却什么都不说。时至凌晨，杜若看霍清明仍然没有走的意思，她径自洗漱干净，将盘起的长发散下，霍清明又从身后抱住她，对她说：“今晚我不走了，住你这儿吧。”他的声音低低地垂在耳边，一阵酥痒的感觉触便全身。

霍清明睡觉的时候和白天一样严谨，几乎不会来回变换姿势，杜若一晚上脑子都乱乱的，她看着霍清明的侧脸，犹在梦中。

一个月以后，杜若一直感觉恶心，她听人说即使有安全措施也有怀孕的可能，她买来验孕棒，结果呈阳性。她又忐忑又兴奋，既不安又期待。她没想到自己年纪轻轻就做了妈妈，可想到这是她和霍清明唯一的联系，一阵暖流就流遍全身。她既希望能通过孩子和霍清明长久厮守，又担心他难以接受。

毕竟霍清明独身这么久，她想或许自己并不是他独身时期唯一的女人，她从来都乖巧地不问，可每每想起来便心如刀绞。她是真的迷恋他。

周末的时候，杜若陪霍清明在家看电影，霍清明的手机亮起。卢蕾似乎喝多了，在电话里语无伦次、泣不成声，霍清明将杜若开车送回了家，就匆匆赶去找卢蕾。

杜若心中酸楚异常不是滋味，她在家里坐立不安，想电话联系他，又怕他正好和卢蕾在一起被她看到。她很后悔自己没有跟去，可她又不知道自己以什么身份过去。霍清明整个周末都没有联系她。

“我听说啊，周末有人在酒吧外面遇到霍律师和卢律师了，听说两人直接在酒吧外面接吻呢！”公司的八卦在周一的清晨炸开锅。

“哇噻，郎才女貌这果然要成一对儿啊。”

“胡说什么呢，别乱说话。”艳菲有些醋意，不满地维护着霍律师。

“照片都有了，你还能说是乱说的？”

艳菲将同事手机抢了过来，杜若勉强支撑着站起身来强装笑颜地上前看去。是的，两人是接吻的。杜若的心沉了下去，她摸着肚子，觉得自己如同飓风之中飘零的孤叶。

“干什么呢？”霍清明发来微信。

“看张爱玲的红玫瑰与白玫瑰。”

“你想做红玫瑰还是白玫瑰呢？”他问。

“我不想做玫瑰，不做红玫瑰也不做白玫瑰，不做大米粒也不做蚊子血！”

“这话听着带气儿。”

“我并不是你无聊人生的调味品！我有感情，我也会难受，我不是你的附属物。”

“你今天怎么了。”

“不怎么，更看清现实而已。”

“你来我办公室。”

杜若抬头看看坐在独立办公室里的霍清明，她正要起身的时候，卢蕾走了进去，拉上窗帘将屋门反锁。卢蕾出来的时候眼睛有些红肿，霍清明拿着衣服陪在卢蕾身边两人匆匆离去。

“我有事情先出去了，晚点和你电话。”

杜若自己去医院检查，想要确定是否怀孕，付完费拿着单子回身后看到霍清明坐在妇产科的等候区，卢蕾从里面走了出来，杜若快步走到墙角的另一边，霍清明说："你决定了？"

"嗯。"卢蕾点点头，"清明，我的孩子能喊你爸爸么？"

霍清明怔怔地看着卢蕾没有回应。杜若耳边轰鸣阵阵，她不记得自己是怎么一步一步离开的，只觉得天地昏暗，风雷不息。

5.

杜若没有怀孕，她只是肠胃不好。她觉得自己就像一个笑话，或许卢蕾才是霍清明的正牌女友，她怀了他的孩子。自己或许无意间做了小三。

可她跨不过去，满脑子都是霍清明的温柔的眼眸，柔软而深情的吻，还有他怀里的温度。她不相信他对她的好是假的，可她也不能忘记自己亲眼看到的。

霍清明第二周外派出差去了。卢蕾一天叫杜若到自己的办公室去。

"你们的事，我都知道。"卢蕾说。杜若一愣，脸上有些火辣。

"但，清明并没有告诉我，你和他……"杜若没有说完。

"我怀孕了，"卢蕾说，"告诉你也希望你替我保守秘密，孩子跟霍清明叫爸爸。"

杜若握紧拳头，咬住了嘴唇："你可以去问他，但我也不希望你给他造成过多的困扰。假如他真的在乎你，或许就不必我来通知你这件事情了。”

“你希望我怎样。”

“我不会追究你介入我和他的关系。但我给你几天的时间，我希望你彻底离开我们的生活。我的朋友在深圳一家不错的事务所，你离职的所有损失我会弥补。不然，我会联合上海行业，封杀你。”

杜若从来没有受到如此的奇耻大辱，她气得浑身发抖，她觉得自己仿佛在嬉闹得大街上，被人扒光衣服一般羞耻而委屈。

霍清明不知道杜若的内心遭遇了怎样起伏变幻。杜若在他不在的这几天向公司提请了辞呈。她换了电话号码也搬了新家。她给霍清明发了最后一条信息，然后关机，将手机卡丢在窗外。

“清明。请允许我这样叫你，我从来没有想过我会和你有如此亲密的关系，你给我造了一个很美好的梦。可是梦醒了。我前段时间曾经误以为我怀孕了，想要告诉你的那几天，你一直和卢蕾在一起。或许你们才是真正属于彼此的人，你理应守护她。至于我，我自生自灭也都与你无关了。再见。”

杜若离开了上海，她也没有去深圳。她还是会记挂霍清明，爱着他也恨着他，在无人的深夜偷偷想念。

他就像身体的印记，精神的向往。

杜若在新的事务所非常努力，为了忘记而忙碌，也为了追赶而忙碌。卢蕾的趾高气扬深深地刺痛了她的自尊。

她将自己在另一个城市，活成了他的样子。

再见面就在北京的酒店里。

“我不知道你曾经以为怀了我的孩子。”把霍清明放在床上的时候，杜若转身想要离开，却被他拉住了手腕。

“我都快忘记了。你怎么还记得呢。”

“我在你眼中就是这么薄情的人么？我还不至于要去玩弄谁的感情。”

“我只相信我眼睛看到的事情。你陪她去产检，我亲眼见到的。你们拥吻的照片，事务所里面都传开了！”杜若的泪水夺眶而出，“既然你们才是隐秘的恋人，你为什么还要把我放在那样难堪的境地！”

他脸色有些苍白：“那天和你分开以后，我去找她，她是吻了我。但是那只是她喝多酒了，心里苦闷而已。”

杜若冷哼一声甩开霍清明的手，霍清明起身挡住房门：“你看，你总是不听我解释，就判我死刑！”

“她怀孕的事情还能是假的吗？”

“我曾答应她，关于她的事谁都不说。所以我没有告诉你我去了哪里，也没有告诉你她怀孕的事情。更何况是她的私事。”

“她说她的孩子叫你爸爸。”

霍清明微微一怔：“她当年这么和你说的？”

卢蕾和一个大鳄有着隐秘的恋情，但对方有家庭。于是卢蕾转而想要和霍清明组建家庭。杜若问霍清明：“假如我不希望你和她再有往来，你能做到么。”

“杜若，你知道的，她是我事业的合伙人。”

“可我不想一个心怀不轨惦记你的人，一直在我们的身边。”

“为什么你们不能共生，或许你们可以很好地相处。”

“这是你们男人最期待的结局，以为你们的红颜知己可以和自己的恋人都伴随在身边。这是每个女人都不能够容忍的。我不想再回上海了，可你能离开那座城市吗？”

霍清明放开杜若坐在床上。

“分开的这些日子，我一直在心底偷偷地想你。我将家里布置成你家的风格，我工作的样子也在无限地向你靠近。可是清明，你终究不能和我一样心如止水地爱个人，我明知道你不可能做到，也知道自己没有资格要求你做到。”

“给我点时间，杜若。”

“好，那再联系吧。”

霍清明没有再联系过她，她心中反倒释然了许多，如影随形的曾经的耻辱和自责也都消减。杜若到上海出差的时候，还是忍不住地走到了霍清明的小区，她站在外面，就只是看着。她不是没有想过，回到霍清明的身边，做一个小女人。但她很快也能看到自己未来会如何地猜疑和抓狂，她的内心除了爱情也有事业。或许现在真的还不是最好的时候。

什么时候爱情里少了奋不顾身，却在心底一往情深。我在另一座城市孤独流浪着，我将你的名字做成胸花，放在紧贴心脏的位置；我将你的名字烧成杯子，捧在手里；我将你的名字化成天上的云，抬头就能看见。

一个清晨的上午，律所里一片热闹，听说新来了合伙人。杜若坐在自己的位置上整理卷宗，然后一个熟悉的声音在耳边响起：“好久不见。”

风止于秋水

他戴着一顶白色的鸭舌帽，穿着赛艇服坐在赛艇上，赛艇很快在平静的水面上，划开一道水痕，随着他快速地离去，水痕向两边缓缓推去，消散成层层涟漪。那是思琪第一次见到这个男人。

而后水岸浮板边上，一个男孩面容紧张地坐在一艘刚刚驶离岸边的赛艇上，而后划动了一下船桨，就失去平衡左右摇摆，最后一头落进水中。

他落水瞬间，所有人一愣，随即后爆发出“呀！”的呼声，然后大家都开始慌乱地——找手机：“快快！相机在哪里！”

看到眼前的景象，思琪忍俊不禁，抬眼才发觉，白帽子男生已经又划了回来，因为有人落水而无法靠岸，正悠闲地漂在水面上，定睛打量自己。

思琪那天穿着简单的运动服，头发垂垂地散在胸前，清晨的阳光有些可爱，从她身后的方向，浅浅散开。

人生的一些相遇，似乎就是命中注定的。那是思琪心血来潮第一次清晨的骑行，就遇到了刚从国外回来的他。

然而即便你们在这里没有遇到，在人生后来的时刻，依旧会出现在彼此生命。或许，你们之前已经有过无数次的擦肩而过。所以，缘分就像手指上的红线，走得再远，也终究被宇宙出现时已然注定的缘分，拉回到彼此的身边。

再见到赛艇男的时候，他正戴着一个耳机，手举着收声话筒站在黄昏马路旁边的公园里，听着凉亭里的老人们吹拉弹唱。

一位老人中气十足，笛子吹得沉稳嘹亮。老人看到了思琪不禁微笑起来。思琪走上前去："爷爷，吹得真好听！"

"丫头周末来看爷爷啦。"

"嗯，奶奶让我叫您回家吃饭呢。"

"好，让爷爷给这个小伙子再吹一首咱们就回去。"爷爷指着赛艇男说。

思琪回头看看他，对他笑笑。男生报以善意的微笑，如同清风拂面。

爷爷和其他老人收拾乐器互相寒暄的时候，思琪问他："你录这些做什么？"

"听听城市的声音。"他说，声音低沉而有磁性。

"我好像见过你，在湖边。"

"哦。是的，我在划赛艇。"

"再见。"

“嗯，再见。”

吃完饭的时候，思琪奶奶拿出了一个手机号码给思琪：“这是我广场舞朋友家的孙子号码，听说刚从国外回来，单身，我都跟人家说好了，你们加一下那个什么信。”

“微信？”

“对，就是你们年轻人都用的那个东西。能说话的。你们聊聊？”

“哎呀，奶奶，我妈都不着急，你着急什么呀。”思琪笑道，“奶奶您还怪时髦，还知道微信呢。”

“乖孙女，见见面又有什么呢。你不同意，我跟你妈说啊。”

“好了好了，怕了您了。”

说着微信给了提示，“林初。”对方留言。

“你好。”

“你好。”思琪回道。

“简单地说，老人家热心的事情。我只是不想让我奶奶不高兴而已。我刚回国，还不打算谈恋爱。”

思琪立刻明白对方的意思，心里有些不大痛快，不知道两位老人怎么商量的，如今自己成了剩女一般的人物，只觉得太伤面子。

“我也是此意。”思琪回道。

“那很好，那么我们互相交换一下基础信息，以防老人们问。谢谢。”

思琪从鼻子里哼出一声，白眼还没有来得及飞出去，对方发来两个字：“是你？”

“？”

“刚才我们见过。笛子爷爷的孙女。”

爷爷的笛子上，常年挂着一个玉坠子，红色的丝线缠绕其间。从小思琪就很喜欢，缠着爷爷送给自己。可爷爷唯独这个坠子始终不愿意送给思琪，思琪知道这个坠子对爷爷的意义，或许承载着往昔难忘的人或者事。

林初的奶奶是个拟音师，林初第一次带思琪到他奶奶的工作室的时候，她着实有些讶异，在她印象中配音工作非常高大上，但其实不然，工作室里面更像是个回收站，石块、小竹椅子、框子、沙包、木头棒子。

“别小看这些物件，每个物件都出现在屏幕上过。你小时候看的许多电视剧或者电影，说不定都是奶奶配的。”

“所以你对声音这么有感情也是因为你奶奶吗？”

“嗯。我想在她过寿的时候，送她一份礼物。”

一个姑娘开门走了进来，看到林初脸上泛起的一阵潮红，如同盛开的桃花。

“小初哥哥，你回来了？”一句话出口，思琪就知道她喜欢林初，几近崇拜。

女孩叫做兰兰，是林初小时候在奶奶家院子里的玩伴。兰兰从小就崇拜林初。长大后逐渐从崇拜到喜欢。兰兰没有上大学，高中毕业以后就跟着林初奶奶学习拟音。

这个行业很辛苦，许多年轻人都不再愿意从事这样的行当，林初奶奶看兰兰勤奋肯学，又是从小看到大的姑娘，所以很喜欢，就常常带到身边。

不过老人家根本不知道兰兰的心思，不然也不会张罗林初和别的女孩子相亲。

女孩第二眼看到思琪的时候，面容有些僵硬，林初介绍两人认识，思琪很善意地微笑，兰兰没什么表情地点点头。

思琪知道，这女孩一定是把自己当成“情敌”了。可林初并没有对自己怎么样。兰兰转而向林初说：“哥哥既然回来了，不如晚上回家里吃饭吧。”

回家里几个字兰兰很自然地吐露出来，显得和林初原生态的亲近。林初答应带思琪傍晚前去划赛艇，和兰兰简单交代一下就带着思琪离开了。

走的时候思琪回头跟兰兰挥手道别，她读得懂女孩脸上深深的落寞。

思琪自己上专业艇那天，是个多云的天气，云团压得很低。那天练赛艇的人不多，思琪来得比林初早。

专业艇和休闲艇完全是两个概念，为了减少和水面的接触面积，减少阻力，专业艇底部是尖的，稍有不慎就有翻船的危险。

思琪会游泳，可腿还是有点哆嗦。教练把左桨放进水里时候，她觉得自己忽然轻得像一片随波逐流的树叶，还没等她弯曲双膝拉桨的时候，船已然漂远。

“教练！我害怕！”

“别怕，及时平桨！”

思琪稳住心神离起点越来越远，她慢慢滑动座椅拉动船桨在湖面上。风从耳畔吹过，全世界静得只剩下一人一艇。天空是银灰色的，静谧而有些忧伤的样子。

她想起来自己第一次见到林初的样子，再次邂逅他时候，自己的重重的心跳声，和见到兰兰时候内心多少泛起的酸意。

兰兰应该有很多机会可以见到林初啊，她看起来很喜欢他，不过林初那么高高在上的男孩子，会喜欢什么样的姑娘呢？

还记得当时说自己并不想谈恋爱，只是不想让老人不开心而已。

“小心！”岸边传来一声呼喊，思琪回过神来向后看去，自己正笔直地向桥墩撞去。她慌忙立起左桨想要调整方向，可右桨又被水草缠绕。她身体一歪，摔进水里。

水真冷啊，没过头顶的时候思琪的头皮都发麻了，她把脚从船上的鞋子里抽出来，手忙脚乱地向水面游去。手臂忽然被人抓住，思琪猛地被向上提起，林初一只手扶着船，另一只手将思琪搂在怀中：“没事吧？怎么那么笨呢！划船还能分神。”

思琪拭去脸上的水和散发，看清了眼前的林初：“林初，我吓死了！”

林初叹了口气：“你向岸边游去，我把船推回去，这个状态你是上不去了。”

到了岸边，林初双手一撑踩着岸边就上去了，思琪却没有那么大的力气。林初探下身来：“双手给我。”

思琪张开双臂，林初俯下身子，双手环绕住思琪：“抱着我。”思琪乖乖地用手环住林初的脖子，脸湿漉漉地贴在他的面上，而后被林初连抱带拖地从水里提了上去。不远处林初的自行车倒在地上。

“别管船了，一会儿我划过去。我先带你回去取暖。把你身上的赛艇服先换下来。”思琪换好衣服以后，林初已经将船划回来放回了架子。他和教练打完招呼，就带着思琪就近回家里洗澡。

“这不太好吧！”

“怕什么，我父母给我买的小公寓，我自己住的。湖水太脏，你洗干净了再说。”

“可你衣服还湿着。”原来林初到了以后听说思琪自己上了专业艇，他还没有来得及换衣服，就骑车沿着岸边来找她。

“没关系，几分钟的路程。”思琪坐在林初的身后，用手轻轻拉着他的衣角，心中泛起一阵暖流。

门开的一瞬间，林初和思琪都愣住了，兰兰站在屋里正在收拾房间。看到思琪后兰兰脸上又出现了那一日的僵硬。

“你怎么会有我家钥匙？”

“阿姨来看奶奶了，让我来给你送点东西，我就顺便帮你收拾一下房间。”

“哦，谢谢。不用麻烦你了，我自己收拾吧。”说着转过头来对着思琪说：“你去洗澡吧。”思琪乖乖地点点头，向洗手间走去，背对着兰兰都能够感受到她的目光如冷箭，从背后射来。

“等一下。”林初转身走向衣柜拿出一件大短袖给到思琪，“如果觉得不舒服一会儿可以先穿我的在家里休息一会儿。”思琪哦了一声，脸倏地飞红，快走几步关上门。

“林初哥哥，她是你女朋友吗？”

“兰兰，没有别的事情，你就先回去吧。”林初说，“对了，钥匙记得留下。以后不用我妈给我送东西，我自己会去拿的。”

思琪洗完澡出来的时候，桌子上已经泡上了一杯姜茶。

“你个大男人家的，家里还有姜茶？”

“我个大男人家的，也有个送东送西的妈啊。家里没别的，你趁热喝吧，我洗澡了。”

林初的房间是冷色调的布置，到处都有着一股禁欲系的气质，思琪拍拍自己的脸，又想入非非了……她走到穿衣镜前，端详自己穿着林初衣服的模样——她还是穿上了自己的长裤，生怕走光。不过她还是忍不住在心底偷笑，她拎起衣领轻嗅一下，是好闻的熏衣草味的洗衣粉留下的味道。

她继续在林初房间里闲逛着，直到一张合照撞入思琪的眼帘——那是林初和一个姑娘的合照，搭眼一扫就能看出来两人一定是情侣关系。

房间的颜色忽而交错在一起，迷乱得如同深海漩涡。林初有女朋友?

“你穿我衣服的样子，还蛮好看的。”林初一边用毛巾擦头发一边走出来。

“这是？”

“前女友。”

“为什么分手了。”

“她留在国外了，和别人结婚了。”

“分手了还放着照片，你还爱她么？”

林初转过身去坐在沙发上：“我没有义务和你交代她吧。”思琪心底腾出愤怒，对自己的愤怒，对自己看不清楚自己位置的愤怒，原本以为林初对自己别有不同，谁知自己和兰兰没有什么不同。

思琪转进洗手间换回自己的衣服匆匆和林初告别就离开。将默不作声的林初连同他难忘的女朋友一起关在门内。

思琪脑子乱乱的，上午落水时候慌乱之间她还能闻到林初身上好闻的味道。他的眉宇之间分明是紧张的。照片上的姑娘真美，美得让女人无法嫉妒。

林初一定很爱她吧。

思琪连着几天都没有再去划艇，她时不时就会拿出手机看看有没有林初的消息，每次解锁失望都会席卷而来。

电话忽然响起，熟悉而令思琪心动的声音在那头响起："思琪，我需要你帮忙。"

林初的奶奶忽然之间重病不起，林初带着思琪去看望她。林初奶奶有些面善，思琪也总觉得有些天然的亲切感。林初奶奶的情况并不是很好，上了年纪以后大病如山倒，原本精神矍铄无病无灾，忽然之间就一病不起。

林初奶奶醒醒睡睡，醒来后看到思琪眼中竟有些温柔的神色，她跟林初说着什么，林初好像懂了。去翻了翻奶奶的衣服，从里面拿出一把钥匙和一个玉坠挂件。

这个玉坠无比眼熟，和思琪爷爷的几乎一模一样。思琪说："这个坠子，好眼熟。"

林初爸爸犹疑地看着思琪问："小姑娘，你是不是姓关。"

思琪点点头。

林初奶奶和思琪的爷爷曾经是青梅竹马，可因为思琪爷爷要随部队到西南剿匪，两人不得已就分开了。思琪爷爷的笛子，是林初奶奶教会的。后来思琪爷爷留在了洛阳，林初奶奶也辗转来到了这座城市。两人相思相望不相见。

思琪忽然想起林初第一次见到爷爷时候，眼神里的她读不懂的情绪。原来他当时已经认出了笛子上的坠子。

老人将坠子举在眼前看了又看，终于放在了林初的手心而后就沉沉睡去。

思琪从前最喜欢的电影叫做《假如爱有天意》，电影男女主角的父母曾经有着刻骨铭心的爱情，却因为不得已的心结遗憾分开。

林初奶奶很快去世了。思琪站在滨河的公园里，林初走上前来将耳机静静地戴在她的耳朵上。那是这个城市的声音，在最后，是思琪爷爷的笛子声，而后另一段笛声慢慢进入，气息没有前面的洪亮，却满腹柔情。

时光在那一刻交叠，思琪的眼泪掉了下来。

“帮我把这段声音送给你爷爷吧。”林初说，“我下周要飞走了。国外有个项目，可能要待一段时间。今天是来和你告别的。”

“好的。”

“划船的时候，不要分神，下次掉到水里，我可能就不能来救你了。”林初递给思琪一个盒子，“等我走了，你再打开吧。”

和林初分开，思琪忽然很想念爷爷。爷爷在亭子中依旧吹着《长相思》，微风吹过，思琪仿佛能看到当年那个神采奕奕的年轻男子。她低头拆开盒子，里面是林初奶奶的挂坠。盒子里有一张纸条：“帮我保管。等我回来。”

Chapter 03

对的人，终将把你好好爱着

我们的故事，还水远山长

1.

有些宴会不得不赴，有些回忆不得不埋葬。我曾以为我们的故事还水远山长，没想到离别已经悄然生长向远方。

我站在如镜的冰原之上，任由孤寂刺破长天。焰火在我心底灼烧，蔓延到的往昔记忆灰飞烟灭，落地成石堆成碑林，唤不醒的爱情篆刻成字，那是谁在低低吟诵的碑文。

有些事情我始终无法参透，为何命运将你带到我的身边，又让我们分开。如果相遇又分离是一种修行，那又何必不一并收走我心里对你的感情，让我收回遗落在你身上的心。

唐宋第一次见麦奚是在他们做广告提案的时候。唐宋是打标方，麦奚作为品牌总监是评标人之一。

她是最后一个走进会议室的，手上拿着mac电脑，端着一杯玫瑰花茶，长发垂在胸前，拉开唐宋对面的椅子坐了下来。

那一天是个阴天，一瞬间唐宋只觉得所有的光亮忽然收敛，唯有麦奚周身有着一种说不上来的光芒，仿佛大海中的渔灯野火。

提案结束的时候，麦奚拿着一支红色的LAMY钢笔，笔尖抵着她的笔记本淡淡地说："你们的策略部分可以说是没有策略。我们多年的品牌背书你们完全没有考虑进去。我们现在品牌所处的位置是什么，我们明年品牌要达到的目标是什么。假如把你们的方案甩给其他任何一家同行公司，都可以用。所以这并没有达到我的要求。"

唐宋脸上红一阵白一阵，心中暗自后悔，年底案子太多，这一家的case自己并没有过多时间考虑。

"不过你们的视觉表现和文案水平还不错。"麦奚又讲道，"假如有合作的机会，我希望你们重新思考我刚才说的问题。"

"好，谢谢。"唐宋道，"麦总，希望后天上午可以再次会面，我们会调整思路，再给到一轮提案。"

走出会议室，林曦反锁了办公室的门，拿着名片的手指微微颤抖，她看着唐宋的名字出了神。回忆飞速地撕扯着些许苦涩的青春，席卷而来——那是林曦的青春。

2.

"我去买点吃的，你先休息一下。我通知大家一个小时之后开会。”回到办公室后小美说——她是唐宋高中时的同学，毕业以后又成了同事。小美是工作组里的美指。

唐宋坐在办公位前，尘封多年的人和事冲到他的眼前。仿佛被什么东西唤醒一般，解除枷锁，记忆鲜活起来。

那还是上学的时候，唐宋曾经从图书馆借阅一本《查令十字街84号》，爱不释手。心血来潮在把书还回图书馆前，放入了一张带有自己通信方式的纸条夹在书里。

随着无数等待日子的逝去，唐宋终于收到了一封来信，字迹娟秀，文笔清奇，署名处叫做梭果。名字旁边信笔画了一朵花。

梭果的通信地址很简略，就是市里的一个小区，没有楼号也没有房间号。可每次一封信寄出去，梭果都会次周回过信来。唐宋知道她是个姑娘，也问过她，为什么叫这样的笔名。

“梭果玉蕊，开花时节吸引昆虫授粉，可花期只有短短一夜。生命过得极致，有一些悲情又灿烂的壮烈感。可你看它的花，白色的花瓣，静静地躺在地上，等待爱情的到来。我很喜欢。”

唐宋终于明白，结尾落款处的简笔画的意义，那是梭果玉蕊。

“虽然爱情距离我们现在很远，可我也在静静等着属于我的那一份。如果没有最好的，我宁可不要。如果有难忘的，我愿意一生等下去。”梭果这么写道。

两人信中会交换彼此的近况，唐宋只知道梭果是同校的女生。他们就这样一直通信，直到高中毕业前。情窦初开的年纪，有隐隐爱情的种子在胸中萌发。

“发什么呆呢？”小美拍了他的头一下。

"我想约梭果见面。"

"万一她和你想象中的不一样呢？"

"那我也想见见她。"

他鼓起勇气写下一封信约梭果高考之后见面，小美将信抽走，"既然你决定了，我支持你。为了防止你打退堂鼓，我帮你去邮寄。"

高考结束后，唐宋按照信中约定的时间，满心期待地在图书馆前等待梭果的到来，行人过往如常，他寻觅了一天，却始终没有等到他要等的那个人。

梭果再没有出现。

他连续寄出了很多封信，都因为没有人签收而被退了回来。

3.

没有缘由的，唐宋想起这段心中始终没有放下的回忆。许多个夜晚，他辗转反侧想着记忆中的那个姑娘。

"一封迟到的告白信。"——唐宋给到新的品牌年度提案的创意主题，一封给城市的告白信。品牌诉求拟人化，通过手写体的信件的一个城市的海派，引发人心底的共鸣。

看到这个主题的时候，林曦有些复杂的表情一闪而过，"很好。深化吧。今天就到这儿吧，一周以后给我成果和系列稿件。"

随后她转向身边的同事："安排一下签约事宜。"

"麦总，晚上有时间吗？今天是周五，不如我们两个团队一起坐坐吧！”唐宋起身。

“抱歉，我晚上有安排，改日我请。”林曦客套地回复着，笑容底下分明有疏远而冷漠的气息。

晚上唐宋带领着团队庆功，接近凌晨的时候，唐宋收到了一条来自林曦的微信，他瞬间清醒激动地滑开屏幕：

“你为什么又要出现？”

短短一句话，不到几秒钟，又被撤回。

唐宋对着空白的屏幕愣了神，若没有消息被撤回的系统信息，他会以为是自己看花了眼，或者酒上了头。

小美坐到唐宋身边，手搭着他的肩膀：“谁啊？”

“没谁。我出去一下。”

唐宋拿着手机出了包间回拨回去。

林曦挂断电话，回了个微信：“不好意思，发错人了。晚安。”

他失落地将手机收起，去了洗手间，出来的时候隐约听到隔壁两个女人的对话。

“不是吧你，你竟然同意和他合作了？你不会还喜欢他吧，都这么多年了。”

“你就当我脑子搭错筋吧，尽管当初是很受伤，可当我再见到他的时候，我呼吸都要停止了。”

“他那个高中的女朋友还谈着吗？”

“不知道。不说他了，走，再陪我喝几杯。”

唐宋站在走廊上，果真看到林曦和一个女人从里面出来，都有些醉态，互相挽着胳膊进了另一个包间。

4.

散场的时候，林曦支走了朋友坚持要自己打车回家。路边的树影生长出隐忍的悲伤，慢慢没过她的头顶，昏黄的路灯掉了一地，斑驳的都是十几岁的回忆。

人说有心事的人很容易喝醉，林曦只觉得胃部痉挛一下，扶着树干呕几下，头晕目眩的时候觉得自己被揽进了怀抱——唐宋始终在身后跟随着林曦，他跨步上前，将林曦横抱起来。

“喂，你，”林曦看清他以后吃了一惊，“我们还没有这么熟，放我下来。”

“你家在哪里，我送你回家。”

“我没事，放我下来，这个姿势好丢人！你以为你拍电视啊！”

“没关系，你不说我就把你带回我家了啊。”借着几分醉意，唐宋玩笑道。

“唐宋，你怎么还是这么无赖无耻。你以为你是情圣吗？”说着林曦竟然哭了起来。

“你以前认识我吗？”

“梧桐路三号。谢谢。”林曦意识到自己说错了话，干脆闭上眼靠在唐宋肩膀上，而后心跳快得让她更加眩晕。偶尔瞥见路灯下他侧脸的剪影，更觉得自己心里一沉，“要死了要死了……”

5.

清晨林曦被一阵敲门声叫醒。唐宋提着早餐微笑着站在门口。

“谢谢！我还没睡醒，我补个觉，不送！”说完林曦接过早餐准备关门。

“我也没有吃早饭呢，不介意的话我吃完就走，好吗？”唐宋在心底暗暗为自己的厚脸皮惊叹。他也不客气，一边说着一边进屋关门，顺手打开玄关。

“我家没有男款拖鞋，只有一双女款的。”

“我不介意，谢谢！”

林曦也不招呼唐宋，打开音乐，自顾自地洗脸敷面膜，阳光从窗外洒进房间，白色的窗帘在阳台门口上下飞舞。

林曦的房间布置得很简单，客厅电视机柜旁边立着一个书架，唐宋随手翻看，抽出了那本《查令十字街》

“你也看这本书？”

林曦先是一怔，伴随一阵急促的脚步声飞奔而来将书从唐宋手里抽走，“别乱翻我书。”

唐宋充满疑惑地看着林曦，而后道：“购于×年×月×日。你的笔记很熟悉。扉页部分的连笔画是……梭果玉蕊么？”

“我饿了，吃饭吧唐总。”林曦摘下面膜向餐桌边走去。

“你是梭果？”

“什么梭果，我没见过。”说完手里一空，书被唐宋拉去。

唐宋只觉得心快如鼓捶，翻到扉页举在林曦面前：“你的字迹，我是认识的，你写的每一封信我现在还留着时不时拿出来看！即便你说我认错了人，那么这朵花呢？这种巧合怎么可能会有？你一开始就认出我了对不对？”

“呵呵，叫唐宋的人太多了，何况就算我认出你，无非就是曾经的笔友，难道你要我欢呼雀跃，然后说好久不见吗？”

“所以你真的是梭果？！你当初为什么不来见我？为什么一下子就杳无音信。我真的想不明白。”

“唐总，你太当真了。都已经大学毕业做领导的人了，怎么还像个孩子忘不掉十几岁的事情。”

“你知不知道这么些年，我一直在惦记着这件事。我反复回忆我给你写的那封信，我不明白哪里冒犯了你，让你如此决绝。高考之后，我在图书馆前等了你一天，后来我甚至怀疑我是不是记错了日子，信里我给过你我的电话，你也从未联系。你就这么消失了，至少判我死刑，也告诉我我错在哪里？”

“我只是你的一个笔友而已，我没有想那么多。对于现实中的你，我并无意要去打扰你的生活。既然高中结束，我们都去往不同的人生，没有必要再拉拉扯扯的。我就是这么想的。”

“所以，我把你看得特别，是我自己自作多情？”

“可以这么理解，唐宋，人多情并不是一件好事。”林曦坐在餐桌前，“豆浆要凉了。”

“你吃吧，打扰了。”说完，唐宋关门而去。

6.

“梭果，你好。收到我的来信你一定非常意外。但我也是鼓足了很大的勇气才写这封信给你。

我是唐宋的女朋友，因为早恋的关系我们一直是秘密的恋人。你们往来的信件我都有看到，我也知道你是怀着朋友的心情在与他来往，可我知道，唐宋对你的感情并不是这么简单。

这让我十分的痛苦。

……

我知道他约了你高考之后见面，收到我的信的同时，你一定也收到来自他的回信。

我知道你是个很善良的女孩，请你理解我的心情。希望你成全我们完整的感情，不要再出现在唐宋的人生里。

谢谢你。

不具名的人。”

林曦依旧可以感受到当初如芒钻心的痛楚，她曾经无数次故意出现在唐宋必经的道路上，用眼角悄悄瞥他高大的身影。在学校篮球比赛的场边，默默为他喝彩。吃他最喜欢的餐厅里的盖浇饭。她也曾无数次在心里幻想他们见面的那一刻。

她一定为他散下长发，穿上白色的长裙。

当她看到他提出来见面的时候，如初春的暖流游遍全身，可还没有发散就凝结成最残忍的利剑，洞穿全身，跌入地狱。

黄泉碧落只在几分钟之间。

高考后的那天，她坐在图书馆对面的紫藤萝长亭里，远远望着唐宋，默默拭去泪水。

如今，她宁可唐宋认为是自己无情，也不愿意自己狼狈而难堪的模样落在他的眼里。她的自尊薄如蝉翼，经不起“插足者”的定义。她以为自己已经放下，却不知道原来很多感情并不会随着时间的逝去而忘记，它只会封存在心底的某个地方，一旦牵引开启，如江潮奔涌而出，让人窒息。

7.

后来的策略会唐宋再没有出现。林曦也不问及他的去向，只和小美沟通着工作事宜。一日晚上林曦应邀参加媒体圈的聚会。酒桌上遇见了唐宋。

两人都不动声色，不打招呼也不多交流。只不过唐宋借口生病并不喝酒。林曦就没那么好运，和别人推杯换盏，酒过几巡已经有些醉意。

结束以后意犹未尽的人还要下半场，林曦推说明天有会吃完饭就走了。知道要喝酒，她并没有开车，站在路边打车。不知不觉被人搭上了肩膀，“麦总，怎么说走就走啊，跟我们再去喝几杯。”另一个同行的总监问道。

“刘总，明天确实有会。还要回去批邮件，下次吧！”一边说，林曦一边将刘总的手拿开。时不时探头看有没有空车。

“哎呀，去坐坐就回来好不？我们也好久没见了。”说着又伸手去捞林曦。

“麦总！”唐宋不知何时出现在他们两人之间，挡开了刘总的手，“我听我手下的人说，明天原定出街的稿子出了问题，我得赶回公司去，时间紧急麻烦你移步和我一起吧。”

“要出街的稿子怎么会出问题！？”酒虽上头心智不乱，林曦立刻懂了唐宋的意思，故作生气的质问。

身边的刘总一看气氛不对，为了避免尴尬草草打完招呼就离开了。

“这货是不是喜欢你？”唐宋看着远去的刘总问她。

“我可没那么受欢迎。”说完还在张望出租车。

“走，我送你。”不由分手唐宋牵起林曦的手向停车场走去。

“喂，你！”

“这是个私人酒窖，位置这么隐秘，你怎么打车？你平日里那么聪明，这都想不到么。”

林曦无言以对，跟着唐宋一起上了车，还不忘拼命甩开他的手。

路灯一晃一晃，橘黄的灯光让人迷惑。他的面容忽明忽暗，车里放着薛之谦的《你还要我怎样》，他徐徐开口。

“我去过云南，在长满青苔的山梯上见到了梭果玉蕊。我也不知道为什么，就是很想看看你最喜欢的梭果玉蕊长什么样子。然后我就一个人站在山里，望着地上的花发了一天的呆。我想替你好好看看。”

“谢谢。”

“提案那天我见到你的时候，你就像黑洞吸走了所有的光亮，又像恒星，耀眼得让我离不开视线。”唐宋注视着前方，像是自说自话，语气平静得像中学生读课本一般，可却一字一句砸在林曦的心里，长出手掌揪住她的心跳。

“闭嘴。你广告文案写多了吧，我听着想吐。”林曦不自在地把眼睛看向窗外。

“我说真的。”

“我没那么好。”

“你什么都不知道。”唐宋压低声音。

“我宁可什么都不知道。”

唐宋向右猛打方向盘，将车停在路边，右手快速解开安全带，揽住林曦的头向自己靠近，然后嘴唇就压了上去，整个过程发生在几秒钟之间。

林曦闻到他身上淡淡的范思哲香水味，呼吸轻轻扫过自己的面庞，他的睫毛近在眼前，遮住他微明的眸子。

林曦推开唐宋，伸手想要扇他的手却颤抖着停在空中。她慌乱地想要解开安全带。

“林曦！”唐宋覆上她的手又被甩开。

“唐宋！你把我当什么人，为什么要这么对我！我不是你闲来无聊、无所寄托的感情中转站！你懂什么是爱情？爱情是一对一，心无旁骛的，你走了为什么还要出现？我讨厌你，我真的讨厌你！”

8.

那晚之后，唐宋带着公司去另一个团队去往墨脱拍片子。

“林曦，抱歉，接下来的一个月我要去墨脱出差，这几天我一直在想我们的事情。或许是我对你太过执着。我始终相信人和人之间冥冥注定的缘分。假如没有当初的往来信件，我也会在见到你之后展开追求。可我并不想对你造成困扰和骚扰。我愿意等你。但请别让我放弃。”

到达以后唐宋按计划先去探路，同行的同事却始终水土不服，唐宋安排团队留下来做准备事宜，自己只身进山。

这条路唐宋曾经走过，可谁也没想到那天忽降暴雨，他就那样失去了方向，约定时间到了也没有出现。

同行的人着了急，可当地人也不愿意冒雨进山找人。

清晨，林曦被电话吵醒，小美一边抽泣一边说：“林曦，对不起，当年是我骗了你……”

林曦买了当天的机票飞往成都，从波密转向墨脱。一路上林曦拼命地给唐宋发短讯。

“唐宋你要是敢死在墨脱我一辈子都不会原谅你。”

“我答应你一起去看梭果玉蕊好吗？”

“其实你在图书馆等我的那天我也在远处看你。我甚至在心里祈求过，不如就让时间暂停，好让我一直看着你。”

“我以为你有女朋友，我一直问老天为什么不是我先遇到你。”

“我错了，我不骂你了，也不会再甩开你的手了，唐宋。”

……

林曦再次见到唐宋的时候，他带着一身的泥土和一身被蚂蟥叮咬的伤痕站在路上朝她咧着嘴笑。

“不抱我一下吗？”唐宋全然不顾其他同事。

“臭死了。”林曦一脸嫌弃，然后跳进他双臂张开的怀抱。

9.

“林曦，你知道吗？那夜的雨太大，我几乎绝望了。我干脆关掉手电筒，站在原地。可当手电的光淡去，眼睛慢慢适应黑暗的时候，我发现整个树林都发出绿色的幽光，蘑菇、草地还有一棵通体发光高不见顶的大树。

我坐在地上，想着我的父母，然后就想到了你。

我忽然什么都想明白了，那晚的夜景我想我一生都不会忘记，这景色来过我眼前，就住进我的心中。即便你没有来找我，即便你依旧对我冷漠，我仍旧会在心里一直记得你。”

“闭嘴，我听着想吐。”

……

你是刻在我心底永恒的经文，时间只会把它锤炼的刻骨铭心。有些事情我曾经无法参透，为何命运将你带到我的身边，又让我们分开。而后我才明白，相遇和分离都是一种修行，命运兜兜转转，只会让人看透自己的心。

将你放在心底，你就从未离去，爱一个人是一个人的漫漫修行。

不过还好，我们没有错过。

有些宴会不得不赴，有些回忆却无法埋葬。我曾以为离别已经悄然生长向远方，没想到我们的故事还水远山长。

对的人，终将把你好好爱着

“我知道这样很唐突，但我怕我离开后，被别人占了先机，把你抢走。所以，你愿意做我女朋友么？”

我希望能够遇到这样的你，如那道冲破雾霭的阳光，烘干我早已晦暗潮湿的心情。如高原之上飞扬的经幡一样静谧坚定地存在，让我在猎猎寒风下，驻足、凝望。如青海湖边一座座石头堆砌而起的玛尼堆，吟诵着灵魂深处的六字真言，和我承载共同的信仰。

我心底的光，淡淡明亮在世俗的灯笼中，引导你我找到彼此的方向。

记得第一次见到芳菲是在大一，转眼快10年了。那时候我们都是社团新招的社员。我们被安排了一起筹备第一次迎新晚会的任务。

见面的时候，我着实被她美丽的容貌深深打动，明眸皓齿，一双杏眼满是善意，五官无可挑剔的精致，如邻家小妹一样没有任何的锋利感和侵略感，美得让女生都想保护她。

我们一见如故，成了亲密的好姐妹。

没事的时候，我们会一起听歌散步，她的MP3里都是无印良品的歌，她说她很喜欢品冠。这辈子一定要听一次品冠的演唱会。

人和人相处久了，外貌的观感都会渐渐淡化。当光环褪去，只有内心的善良和丰盈才是一个女人真正的味道。

我一直在想，像她这样美好的女孩，应该有怎么样的男生才能配得上她，终于有一次我们相约一起吃晚饭，商量活动的事情，在学校喧闹的食堂里，我们聊起了她喜欢的那个男孩。

他们是青梅竹马的两个人，朋友眼中的模范。那时候芒果台的男生女生选秀节目很火，因为之前就参加过芒果台的一档语言比赛栏目，他当时已经小有名气，还接了广告。

芳菲告诉我的时候，他正在参加芒果台的一个男生歌唱比赛。那男生会写歌，打拼了10年，现在是个制作人兼歌手。

他去了湖南以后，两人聚少离多，在他的博客里，她时不时跑去留言，她的网名叫“半块玉”——他送给她一块玉，他走之前，玉不小心碎成了两瓣。芳菲打气道：“不要伤心，一人一半，看到这个就要想起我。”

那时候的网络没有现在发达，手机常用的也都还不智能。学校当时都有机房，我和芳菲周末会约着一起，我去和男朋友聊QQ，她则是拼命在网络上搜寻有关于他的消息。

他的博客评论里面毁誉参半。她总会在每一条博客下鼓励他，安慰他。而他看到“半块玉”这个名字的时候，就晓得是她。

芳菲一天神秘兮兮地约我出来，说他的生日快到了，想请两天假去长沙给他一个惊喜。等我接到她电话的时候，兴奋地问她：“他有没有很开心？”

电话那头的芳菲几近崩溃地告诉我：“我看到他了，他拉着另一个女孩的手。”

那男生认识了对他事业更有帮助的电视台领导家的女儿。那女孩对他迷恋得很，左右选择后，他离开了芳菲。

他的成绩还不错，可终于还是没有走到决赛。结果出来的那一刻，我跟芳菲发短信：“他被淘汰了。”

芳菲说：“我知道。”

分手的代价并没有成功送他进入前三，我不知道他当时有没有后悔。

一切似乎都像童话故事一样完美，但这份没有经过考验的爱情，就像一场龙卷风，迎面给了芳菲狠狠一击，蝴蝶扇扇翅膀，爱情就气流不稳，电闪雷鸣，所到之处灰飞烟灭，最后苟延残喘，最终烟消云散。

迎新晚会结束后，一群同学相约庆功，那是芳菲人生中第一次喝啤酒，一杯下去，眼泪就顺着脸庞落下来。而后自己借口去洗手间跑了出来，走到人少的地方，手里握着半块玉，蹲在地上就哭了起来。因为太用力，不知不觉手指被划破滴血。

“姑娘，还好吗？”芳菲泪眼蒙眬地抬起头，范已经掏出纸巾，将碎玉拿开，摁住了芳菲的手指。

“摔碎了就是碎了，心疼也不至于弄伤手指，是不是？”范的声音很轻。头顶是一轮清冷的月光。

芳菲有点恍惚，还不知道怎么回事，自己的手已经被范握在手中。而后芳菲哭得越发地痛了，等哭完了，酒也醒了一大半了。

那是她和范第一次正式见面。芳菲认出了范先生，那是她还在初中时候，就听过高中时期的范先生，在一起学校晚会上唱的品冠的歌。

两人先后考近同一所大学，范先生是比芳菲高几届的学长，即将毕业，因为要办事所以才返校几天，遇到了芳菲。当时范先生在眉山工作，一周时间短暂接触下来，让二人心中多少都萌生了些许情愫。

范先生在返回眉山前的那个下午，对芳菲说："我知道这样很唐突，但我怕我离开后，被别人占了先机，把你抢走。所以，你愿意做我女朋友么？"

芳菲有些悸动，但前一场恋爱的痛苦还在延续，异地恋的不确定性又让她望而却步，芳菲没有回复，范先生笑笑而后讲道："我表白了自己的心情，也就没有什么遗憾了。你不用急着回答我，我可以等。"

从那以后，范先生只要一有时间就跑回成都看芳菲，几乎每天都会跟芳菲通电话。这样有几个月的时间，忽然有一天上午，约定好的时间范先生并没有出现。芳菲从上午等到中午，回拨过去，对方电话一直处在关机中。

芳菲一整天都坐立不安，熟悉的电话号码再次出现——原来范先生在来的途中遭遇了轻微的意外，有些剐蹭，芳菲闻讯后立刻跟学校请了假，跑去眉山看他。

等他俩再出现在我的面前时候，已经大手拉小手。

大四毕业前，芳菲无心插柳面试到了重庆电视台的主持人工作，全年级的毕业生，只挑选三个人进台。而那时候范先生回到了成都电视台工作。从那起，他们展开了一场将近一年的异地恋。

那是个下雨的夜晚，为了赶一个外场，芳菲连续加班好几天，终于在一天晚上发起了高烧。屋子里潮湿阴冷，芳菲躲在房间里一边给范先生打电话，一边哭："范，这里好冷。要是你能在我身边就好了。"

范先生当晚买了最近一趟的火车票，拎着一个被子，在重庆清冷的凌晨，敲开了芳菲的房门。第二天，芳菲决定辞职，回到成都和范先生在一起。电视台的机会来之不易，为此芳菲受了父母好一阵子的唠叨。

一直以来，范先生的工作都很忙，芳菲天天嚷着要出去旅游，时不时拿着朋友的照片在他眼前晃："范，你看！丽江好漂亮！""范，你看，我也想去马尔代夫！""范，我想听品冠演唱会。"

那一年，范先生先是五一带着芳菲去了丽江，又在十一带着她飞到马尔代夫。在马尔代夫的飞机上，他们邂逅了一对蜜月的中国夫妻，四人于是结伴在岛上活动。

那几天，芳菲总觉得范先生有些心不在焉，时不时沉思傻笑，时不时出神发呆，抱着手机总会偷偷发信息。晚上吃完饭后，芳菲在屋里洗澡，范先生在外面说要出去散步就自己离开了。

芳菲有些茫然，范先生从来没有这么举止奇怪过，但她并没有多想，就先睡下了。第二天起来，范先生收拾得很快，对芳菲说：“我先去海边，等会儿你来找我。”就匆匆出了门。

等芳菲穿着长裙来到海滩边的时候，他傻笑着立在阳光之下跟她挥手。

范先生拿着ipad为芳菲塞上耳机，点开了一个视频——那是他们这几年回忆的剪影，在视频的最后，品冠的一段录像跳了出来，“芳菲，谢谢你这么多年对我音乐的支持和喜爱，在这里，我替你的范先生说一句，嫁给他吧！”

芳菲的眼泪就那么掉了下来，这几年的回忆席卷而来，她觉得自己很幸运，上天在她最孤单的时候，为她送来了善良又温暖的人。

范先生掏出钻戒单膝跪地，那对中国夫妻举着录像机从一旁的园林后面走出来。“嫁给我吧，芳菲。”

芳菲看范先生第一次这么严肃正式，又有些紧张别扭地跪在地上，破涕而笑，俯身吻了他，而后答应了他的求婚。

结婚以后，芳菲在新的公司发展得很不错，因为是地产行业，芳菲很快被分到海南公司做销售负责人。这一次，范先生为了支持芳菲决心放弃自己已经发展好的工作，集中全力考进了海南的一家事业单位。

海南的天气，阳光多于台风。即便台风来了，她也不再孤单。

“你过得好吗？”他有一天忽然联系她。

听他们共同的朋友说，他很后悔。他还对她念念不忘。他说当初应当带她一起离开。而不是留她一人停在原地。芳菲没有回复他，无论曾经怎样的深情而失望，无论自己曾经怎么样用青春打磨过这个男人，她都已经放下了。

现在我经常能够在朋友圈里看到她的状态，芳菲几乎两条里就有一条是和范先生相关的：他们穿着芳菲妈妈送的情侣衫微笑着在新房里合影，两个人很默契地挑了同一张结婚照做头像，范先生砍椰子给她弄椰子汁喝，下班了边看电视边帮她摘菜，给她买琴再组装好，各种任劳任怨的电工水工安装工。

有一条状态很有趣——“范同学今天自告奋勇去超市购买台风储备粮，半小时给我打了四个电话，从泡面问到水果，再问酸奶，最后又问火腿肠，我敢保证四个电话肯定不够，他肯定还会打，因为他不会买虾也不会买鱼。”

因为有你，我的脸上每一天都洋溢着幸福——芳菲这么写道。

看着照片上托着肚子，已经有些孕晚期水肿的她，脸上是为人妻为人母的知性和美感，时间仿佛回到10年前我第一次见到她的那一晚，那个明净的好姑娘，上天终于没有辜负她。

谁的真爱不曾被辜负？那份失去的错爱，轻得像风，吹走了我们的青春和初恋，也吹走了爱情幻想的浮云，那道温暖我们的光芒，破云而出，轰轰烈烈地占据了我们以后的生命。那个陪你走下去的人，才配得上你一生的深情。对的人，终将把你好好爱着。

那个中途放了手的人，由他离开，消失在人海之中吧。

我希望能够遇到这样的你，如那道冲破雾霭的阳光，烘干我早已晦暗潮湿的心情。如高原之上飞扬的经幡一样静谧坚定地存在，让我在猎猎寒风下，驻足、凝望。

如青海湖边一座座石头堆砌而起的玛尼堆，吟诵着灵魂深处的六字真言，和我承载共同的信仰。

我心底的光，淡淡明亮在世俗的灯笼中，引导你我找到彼此的方向。

真爱就是，我想和你生个孩子

“我想和你生孩子。”

话刚从嘴里说出，热乎得还没跑远，老徐脸上就以光速挨了小美一巴掌。客人举目皆惊。老徐还笑嘻嘻的。

“你有病啊！”小美银牙紧咬，从齿缝里挤出这几个字。

“你有药吗？”

“信不信我弄死你？”

老徐嘿嘿一笑：“好啊，轻点。”

当老徐一本正经地告诉我他的告白细节的时候，我差点笑晕过去。

“我说兄弟，我要跟你生孩子这话从女孩嘴里说出来，是可爱、是浪漫。你这告白讲这话，是变态色情狂的性骚扰你懂吗？小美没有踢得你断子绝孙真的是很仁慈！”

“切，”老徐略带不屑，一脸“这你就不懂了吧”的表情继续说，“叔本华说过，爱情的本质，就是你在看到这个人以后觉得，你们能生出漂亮的孩子，所以你才愿意和他一起生活。懂吗？”

“你少忽悠我，你哪有叔叔叫本华，你爸不是独生子吗？”

老徐第一次见小美的时候就有这样的想法，那是一个细雨微湿的天气，周一的下午咖啡店里并没有很多人。店员请假外出，老徐自己在店里。

天空低垂着灰色的烟云，让人顿生意气消沉的感觉。

小美出现的时候，一身黑色的紧身裙，勾画出美好的曲线。原本灰暗的天气忽而就鲜活起来，就像裹挟着绿草土地香气扑面而来，让老徐打了个激灵。

她点了一杯ESPRESSO，挑了靠窗边的位置坐下。一下午的时间她都低头在拨弄着手机发微信，木然的表情下压抑着哀伤的气息。

小美接了个电话，吼了几句，而后低头扶额，静静地掉眼泪，打湿了面庞，也打湿了老徐的心。

老徐起身回到厨房，取出烤箱里的舒芙蕾撒了糖粉，而后端到了小美面前。

“意式特浓太苦了，吃点点心。”

“这是什么？”

“舒芙蕾，让人温暖的点心。”

从那天起他们做起了朋友。小美在一家外企工作，距离老徐的咖啡店并不远。小美后来没事的时候都会来老徐这里坐坐，和他聊几句。

老徐每周都会亲自为小美磨好咖啡豆，调制不同口味的咖啡，再配一个不同的甜点。每周的样式都不相同。

老徐的店里放着很多书，有两人都喜欢看东野圭吾。小美说，她也喜欢叔本华，于是当小美再次出现的时候，书架上满满的都是叔本华的书籍。

一天老徐约着小美陪自己到朋友那里采买咖啡豆，下车的时候，老徐不经意地说："帮我去后备厢拿一下东西吧。"小美答应了，打开后备厢，看到一个巨大的娃娃躺在那里。

"虽然送娃娃很俗，但是看到这个萌蠢的熊，就想要送给你。"

小美抱着比她宽一倍的熊娃娃，在阳光下笑得像个马尾飞扬的孩子。

还是同一个下午，小美前脚刚进店里，另一个和她年纪相仿的女孩就跟进来，对小美破口大骂。小美不堪对方羞辱，抓住对方的手臂，"够了，能不能别来纠缠我，看好你自己的男人！"

老徐瞬间知道发生什么事情，上前分开了两人，将小美护在身后，"小姐，要打要闹不要在我店里，我这是开门做生意的，不是让闲杂人在这里撒泼的！"

"呸，她是个不要脸的小三，我就打她不要脸。"

"我已经让他滚出我的人生，请你也别骚扰我，别搞得一副我要费尽心机拆散你们的架子，我还真的不稀罕！"

那女的伸手还要拉小美，被老徐拎起来丢了出去。

小美和他是一个合作伙伴介绍的，相处了一年多的时间。小美觉得他是个好的结婚对象，于是跟对方提要不要见见彼此父母。男人起初答应了，可到后来始终推辞闪烁，久而久之她才想到自己有可能被小三了。

小美请了公安局的朋友查了他的信息——原来他已成家。小美实在想不明白，自己晚上和他的微信、电话，平时的约会，他都是大大方方的，滴水不漏，他是怎么做到如此自然的，是个不解之谜。

男人始终不承认自己有家庭，小美于是将他的户口本打印件拍到了他的面前。

男人于是落泪请求她："我和她已经没有感情了，她是我上司的妹妹，在一起时间太久了，早已经没有了激情。我是真心喜欢你的，我们就要离婚了。求你不要离开我。"

小美万念俱灰，心如刀割，她看不到自己的未来在哪里，毅然分了手。

男人消失了一段时间后，一天深夜给小美电话："我和她吵架了，我们这次真的分开了。"男人并没有跟他的妻子分开，而后这通电话被男人后知后觉的妻子发觉，闹得不可开交，从此小美经常接到男人妻子粗鄙难听的电话和短信骚扰，而那男人忽然失了声，一面将所有的错都归结在小美一个人的身上，一面跟小美说，过了这段时间再联系，试图过了这风口浪尖以后，继续维持暧昧的关系。

小美冷笑一声："你骗了我一次，又骗第二次，我们到此结束，我累了，就这样吧。"

而后小美请了假，漫无目的地在路上走着，就走进了老徐的店。

那男人是个普通人，比小美大三四岁，容貌清秀，家里是普通人家，工作也就是个公司的部门小主管。可小美就是很喜欢他，她以为自己遇到的是爱情。

说完以后，小美并没有痛哭流涕，“我觉得爱情已经死了。我的心也死了。我觉得一个人也很好，也不那么着急结婚了。”

“小美”

“嗯？”

“我想和你生孩子。”

话刚从嘴里说出，热乎得还没跑远，老徐脸上就以光速挨了小美一巴掌。客人举目皆惊。老徐还笑嘻嘻的。

“你有病啊！”小美银牙紧咬，从齿缝里挤出这几个字。

“你有药吗？”

“信不信我弄死你？”

老徐嘿嘿一笑：“好啊，轻点。”

小美冷下脸庞转身要走，老徐隔着吧台紧紧拉住她的手臂，“叔本华说，人的生存意识就像雷达一样，不断地探索、扫描，当他扫描到能生出良好下一代的对象，就会被冲昏头地陷入爱情。所以外人看起来不配的，只有当事人知道，那其实是最配的。我不想说我有多爱你那些虚头巴脑的东西。可我从第一次见你，就想和你一直在一起，每天为你做不同口味的咖啡，用甜点把你喂成个别人不再惦记的小胖子，我们组成家庭，生个孩子。一辈子不分开。”

小美愣在原地，许久回过神来说：“你确定……是叔本华说的？你特么不是在逗我？”

老徐把书摊开在小美的面前。

小美沉默了几秒钟，显然对眼前的状况有些猝不及防。

“老徐，我，有点突然。我觉得你很好，但，有点快。我先走了。”说完小美离开了。

从那以后，她很长一段时间都没有再出现。电话、微信，都没有回音。

老徐没有再去打扰她，在咖啡店里加了一块黑板，每天都用手抄上一段叔本华的文字。然后想着她。他希望小美在回来的那一刻，就能看到自己喜欢的叔本华。

店里的常客也逐渐习惯了每次留意看看又更新了什么摘抄。时不时嘲笑他要在哲学的道路上一抹黑越走越远。

他手上写着，心里痛着，脸上笑着，依旧爱着。

一日下午，老徐信步在路上走着，不知不觉来到小美办公楼下。他远远地就认出了那个男人的身影。他的对面，是老徐日思夜想的姑娘。

老徐握紧拳头，很想冲上去揍他。而下一秒，另一个声音就响起：“你凭什么身份去教训人家呢？你有什么资格。”

爱情是两个人的事情，但其实，爱情又是一个人的事情，爱上一个人会去做她爱做的事，会自私地想要占有她，却也害怕在她面前失了自尊。像卡布奇诺，甜蜜与苦涩并存，想一口喝尽，又忍不住慢慢品尝。

回到店里，老徐冲了一杯意式特浓给自己，今天的味道特别苦。太浓了吧，否则怎么会苦得说不出口。

“要不要吃个舒夫蕾？”

老徐举着杯子的手，停在空中。整个人停顿了三秒钟，不敢相信自己的听觉。抬起眼，小美微笑着站在他的面前。

“他来找我了，告诉我他离婚了，还说他升职要去外地，问我愿不愿意跟他走。”

“那你……”

“我，换作以前，我可能又被这个渣男骗走了。可今天，我满脑子想的都是你……我想，如果你表现得好，我可以考虑跟你，生个孩子。”

老徐像中了彩票一样，冲到小美面前将她抱起。“我每天都在想你，想你的时候，我就摘抄叔本华。我一直在等着你回来，希望你第一时间可以看到。”

小美有些羞涩地说：“其实，我并不喜欢叔本华，我只是在微博上偶然看到了他的名字。那天你问我，我随口说的。你们这种开咖啡店的，不都有点文艺情结么。谁知你还当真了。”

“叔本华说：爱情最莫测的一个奥秘是‘为什么是他’？和‘为什么是她’？为什么在众多可选的人中我们单独钟情于这一个？他们在餐桌上的谈话不见得总是有所教益，双方的习惯也不是那么合得来，为什么就互相珍惜胜过他人？为什么其他某些人尽管客观上更迷人，也许更有好处，而是我们纵使满怀好意，也产生不了激情？”

“你有病啊！”

“你有药吗？”

“信不信我弄死你？”

老徐嘿嘿一笑：“好啊，轻点。”

我喜欢你，因为你吃饭的样子很香

每个清晨仍然会看着窗外回想，每个夏季仍然会有茉莉花的清香，可是，是有些什么已经失落了，在不谙的青春年少时，在仓皇的流光中，那个说喜欢我吃饭时样子的男孩。

1.

丛林在大学的第一个男朋友李星是个有些作的男生，自负而孩子气。总以为自己有一副迷人的好皮囊，所以全天下的女生都应该为他开绿灯。

李星和丛林分手的那晚，两人因为李星和另一个姑娘的暧昧不清爆发了激烈的争吵。

当时我们学校还在郊外，他于是半夜把丛林一个人丢在荒无人烟的地方，赌气回学校去了。

丛林哭了很久，一是生李星的气，二是一个小姑娘自己被丢在黑漆漆的荒地，心里难免害怕。

丛林正在原地掉眼泪，一个声音忽然在身边响起：

“同学，你怎么了？”

丛林被突如其来的声音吓一跳，尖叫一声，定睛一看，是个男生。

“你走路没声音啊，是人是鬼？”

“你哭得那么大声，我以为撞见女鬼了。”

“你才是女鬼，”丛林哭得抽抽搭搭的，“你见过这么漂亮的女鬼吗？”

“以前没见过，现在见过了。”

丛林无语地抬头看他，许久说道：“我饿了。”

那是丛林和韩明第一次见面。

韩明到学校零食店买了一堆吃的，陪着丛林在学校湖边坐着。丛林一边哭，一边骂骂咧咧，一边吃，说到伤心处，不忘记狠狠地咬几口沙琪玛。

第二天不管李星如何低头道歉，丛林都坚决分了手。

2.

从林和李星分手没多久，李星带着那个暧昧女孩，在晚会第一次彩排的时候和丛林“狭路相逢”，丛林坐在观众席看着李星和那姑娘无底线地秀着恩爱，时不时再被那姑娘飞几个白眼，无名的火气就往外冒。

丛林被安排和另一个系的男生一起唱《今天你要嫁给我》，临上台她才接到那男生的电话——家里有事要请假回家，没法参加演出。丛林傻了眼，和导演商量着，彩排的时候把节目pass掉算了。

看着李星新女友幸灾乐祸的表情，丛林只觉得一秒钟都不想在这里待下去。

这时一个熟悉的身影走了过来，丛林很快认出了他：“哎！是你哦！”

“我陪你唱。”

“韩明，那你的节目……”导演问道。

“我的节目和这个合唱合并了。”说完他牵起丛林的手，递过一个话筒给丛林，“谁越是希望你过得不好，你越是要好给他们看。”

当歌曲唱到“你愿意嫁给我吗？”的时候，韩明单膝跪地，微笑着望向丛林。

丛林报以明亮的笑容，不经意间撇到台下李星气得发青的脸。

“排练结束后，带你撸串去。”

彩排结束后，丛林回寝室把裙子换掉，穿一件宽松的裤子出来。

“吃烧烤还有专门的打扮？”

“这样撸串才方便！”丛林毫不掩饰，哈哈说道。

“以前李星总嫌弃我不淑女，觉得我太大大咧咧的。”说完，丛林咬掉一口羊肉串，嘴边沾了孜然和辣椒末。

“你这样很可爱。”

“我觉得他不关心我，他觉得我任性。”

“你是挺泼辣的。”

“那天，我穿了个短裙子，鞋带开了，想让他帮我绑鞋带，我也就是随口撒个娇，想不到他竟然直接发火翻脸。说他一个大老爷们给女人系鞋带太丢脸。”

韩明不语，低头笑笑。

“真的很丢脸吗？”丛林问他。

“这要看，是对谁了。”

“瞎子都能看出来他们俩有暧昧，这个渣男！我们两人从来都不默契，唯一一件默契的事情，就是分手后我不再联系他，他不再联系我。”

“给！”韩明递过来一个烤腰子，“把它当作李星，消灭他！”

“我去，你这口味有点重啊！”丛林捂着鼻子，继而端起啤酒说，“今天真的多亏你，不然，我真是丢脸丢到火星去。”

那天晚上他们说了很多话，喝了很多酒，交换了彼此的故事。

后来他们越发熟悉，成了无话不谈的好朋友，也因为学校各种文艺活动的关系，接触的机会越来越多，没事的时候总会结伴在一起，打发时光。

大一下半学期的一晚，两人约着在湖边见面而后一起吃晚饭，从林手机没电了，充电器坏掉了，有事来晚了些。

等他到的时候，湖边围了一圈的人，走近才发现韩明浑身湿透坐在湖边，身边是另一个湿淋淋的女孩子一直跟韩明道谢。韩明看到了从林，从地上弹起来一把将从林拥进怀里，低声说：“我还以为你个旱鸭子掉水里去了。怕得要命！”

从林心里很感动，随即对韩明说：“你特么把我衣服弄！湿！了！”

换好衣服，吃完饭后两人坐在湖边，路边的霓虹灯投下一抹昏黄的颜色。从林用手机放着《爱情呼叫转移》，韩明转过头来对从林说：“不要放这么浪漫的歌。”

“为什么？”

“因为我会忍不住想吻你。”

从林当时瞬间蒙圈了，韩明就那样把头靠了过来。

“停！”从林推开他，“我，我，我，我觉得有点突然。让我去买包酸奶压压惊……”

“你知道吗，我喜欢你，只因为你吃饭的样子很香。我就是喜欢不做作的你。”

3.

从林说，韩明就是那么样一个人，他一直对她很好，一直那么默默地在她需要的时候出现在她的身边。即便从林偶尔有着执拗的脾气，他不像太阳有着炙热的温度，却有着月光一般朦胧而温煦的感情。

他就是那种落日的夕阳柔情又冷静，春天的小雨润物细无声，路过的旅人，就徘徊在家门前，并不急匆匆地叩门。

有的时候两个人吵架，赌气都不说话，却谁也不舍得甩手离开。就那么僵持地一前一后走在路上，而后韩明停在烤面筋摊前，向前大声问她："烤面筋你要几串啊？"

"两串！"她头也不回地答。

韩明有时候会问她："将来我捧一捧棉花糖做的手捧花求婚的概率会不会更高？"

从林会告诉他："棉花糖太甜了，我还是喜欢烤羊肉串。"

相爱容易，相守难。两人恋爱以后，着实过了一段后来从林不断回望的日子。她说那时候自己还不太懂事，有些任性执拗，也有些小孩子脾气。

再在学校见到她的时候，我冲上前去拉着她心里无比焦急地问："从林！你肿了你知道吗？你把裤腿拉上来，让我摁摁看你小腿！"这是从小我妈见到我胖了的时候的第一反应，生怕是得急性肾炎水肿了。

从林几乎气得背过气去："夏夏，我不是肿了！我是胖了！"她无比揪心地问："胖得这么明显么？"从此以后受了刺激，每天都去操场长跑两小时。

那件事给从林留下了难以抹去心理阴影，六七年过去了，她每每跟我提起这件事情的时候，都要嘟着嘴白我好几眼。而我每每都笑得眼泪横飞。

“我和韩明分手了，晚上睡不着，就一个人躲在床上看电影吃零食。”从林轻声说。

每次见到她总是生龙活虎、机灵古怪，而那一刻，眼前的她有着伤心的颜色。

而当我见到韩明的时候，着实也吃了一惊。我问他：“你身上的肉，都跑到从林身上去了吗？你教教我，怎么才能脂肪大挪移？让我报复一下全人类。”

“别开玩笑了，夏夏，我想她。”透过他黑色孤单的镜框，我看到他的眼圈有些红。

“饿了不知道吃饭？困了不知道睡觉？想她了，还不去追回来？你傻吗？”我说，原本我还想对他说“你知道她为你多么憔悴，不寐不食，瘦了多少吗？”可我想了想觉得和现实不符，于是说：“你知道，她为了你变成了一个小胖子吗？你还不去拯救她！”

于是，第二天的下午，韩明真的举着一捧羊肉串——用包花的纸包得精致齐整，出现在从林的寝室楼前。

我听人说：“我选择了不做作的你，我就应该学会接受你的孩子气、你的突发奇想。原谅我，以前不懂如何去爱不完美的你。分开以后，每每吃饭的时候，眼前就会出现你吃东西的样子。我就难过得什么也吃不下，没有你，我想，我也会饿死的。请再给我一次机会，回到我身边。”

从林在原地，哭得抽抽搭搭的，然后点点头。

韩明走向她，将她拥在怀里，许久从林才说了句：“这么多羊肉串被你包成了这个样子，没法吃了，好浪费。”说完，哭得更痛了。

这就是他们的故事，那是他们青春的历史，而那日后他们每一天的爱恋都仿佛如初相见。

“我喜欢你，只因为你吃饭的样子很香。”是我听过的最动听的告白。

所以，你同意我喜欢你了吗

“我发现我喜欢上顾然了。”浅浅打来电话。

“恭喜你，”上班第一天，开一整天会头昏脑涨的我顿时觉得神清气爽，“赶紧摆脱单身狗的称号吧，空中飞人。”

浅浅在银行做投行，专门帮公司上市，融资和重组，听起来很高知的一份职业，可惜就是天天要出差，上午还在北京下午就飞到三亚，看起来很风光，其实时间很不自由。

一忙就是这么几年过去了，自从和初恋男友分手以后，在单身狗的道路上越走越远。

我总希望她身边可以有个人照顾她，每每提起，她都会不在乎地说没事，直到有一天，一个叫做顾然的男人，被她有意无意地提起。

浅浅——样貌、性格、修养、身高、收入样样拿得出手。按照言情剧的故事发展，此时应该有个霸道总裁出现。

可人生并不是于正笔下的穿越剧，月老大人也比我们更有他的绸缪和深意。

浅浅要驻青岛一年，大学好朋友牛飞临时有事，只能托顾然来接她。

那是他们第一次见面。

两人打算到餐厅边吃饭边等牛飞，顾然于是带她去一家自己最喜欢的饭店。

刚进门口，浅浅感觉身边的顾然身体有些僵硬。

顺着他的目光看去，一个略显瘦弱的女生正和一个男生一起吃饭，男生背对着我们，女生看见顾然的时候，眼神先是有些惊讶，继而慌乱地低下头。

“我们要不要换一家？牛飞那小子不适合这么雅致的地方。”为了帮他化解尴尬浅浅说。

从那以后顾然牛飞都会约着浅浅一起出来打发时光。

相处的时间久了，顾然对浅浅关怀备至。下班每天都绕大半个城市接她。

半夜浅浅喊着饿了，顾然就杀过来带她去吃宵夜。

“来得这么快！我还没有化妆！”

“化什么妆？你素颜也很好看。穿着睡衣下来都没关系。”

顾然跑去录音棚录了她最爱的歌，因为紧张吹了好几瓶啤酒才录完。生日那天，浅浅一上车，顾然就放起了歌。

每次浅浅嚷着要减肥，顾然都毫不理会，带浅浅下各种好吃的馆子。

浅浅和顾然日久生了情。

可淡定的顾然一直没有和浅浅告白。浅浅着实有些苦恼，他们这关系到底算什么呢？

想起当初在餐厅遇到顾然前女友时顾然的反应，浅浅心中很不是滋味，她总在揣摩，顾然不会还喜欢着他的前女友吧？

说起来顾然，样貌清秀不算帅气，高高的个子，待人很和善。而浅浅的初恋男友，帅得惊天动地，分手以后一直想和浅浅和好。

可浅浅突然转了性，她就是喜欢顾然的善良。顾然不爱惹事，却也不怕事。

总之就是那种平时宠着你兴风作浪，关键时刻绝对能顶上去的男人。

她总也觉得，顾然才是她一直找的Soulmate。

对，喜欢上顾然以后，浅浅想结婚了。

我看过微子的照片，浅浅和她比起来简直就是光芒万丈。

可浅浅明白，爱情和外貌并没有太大关系，就好像她爱顾然，不爱她的前男友。

那么顾然是不是也放不下过去呢？

牛飞有一天忽然很神秘地给浅浅打了个电话。

顾然的前女友微子，和顾然、牛飞一个共同的朋友小龙谈恋爱了。

顾然还和微子恋爱的时候，经常带着她和牛飞、小龙一起玩。

小龙家里是开厂的，人长得不好看，但家里有辆宝马。微子和顾然分手以后一个月，就和小龙恋爱了。

顾然在路上遇见他俩，小龙告诉了牛飞，牛飞告诉了浅浅。

晚上顾然来接浅浅，情绪不高，浅浅拉着顾然到海边散步。

“心情不好吗？”浅浅觉得自己心里绞着痛。

“嗯。”

“牛飞都告诉我了。”

顾然吃了一惊：“嗯。我很无语，也很崩溃。”

“既然，你还忘不了她，为什么不把她追回来？”

顾然猛地停下脚步：“谁？我追谁？”

“微子。”

“你脑瓜里在想什么？”顾然弹了浅浅的脑门，“我怎么可能还喜欢她？”

顾然于是把他们如何分手的经过讲给浅浅。

每每想到这个女孩，顾然都感到难受和心痛——并不是因为他爱她，相反，每次看到她，她曾经带给他的反感就遍布全身。

顾然和微子是通过他们共同的朋友介绍认识的。

那时候顾然刚大学毕业，回国后的他选择报考公务员。

复习的那一年，顾然家人希望他一心一意备考，所以顾然并没有去工作，而他从前上学打工存的钱也都慢慢花光了。

他不想和家人伸手要钱。

在国外的时候，他打工赚了钱会给微子打零花钱，每次回国，微子会去接他。他都会带着微子在附近城市玩玩，再一起回家。

备考前，他告诉微子自己的打算：“我现在没有工作，我也不想跟家里要钱，可能要委屈你一年的时间，等我工作以后一定加倍补偿你。”

微子起初答应了。可后来，她的态度逐渐有了变化。

她经常在顾然面前说的话就是：

“你看人家都带女朋友出去旅游，我不说要你带我旅游了，起码没事儿带我去个酒吧什么的地方玩玩啊。”

“你看我同事谁谁谁开车上下班，你天天还在打车挤公交。”

顾然偶然一次才知道，那同事才开了一辆五六万块钱的车。

考试这一年，是顾然最需要支持的一年，同学们有的工作、有的考研，都是孤军奋战。

而微子往往带给他的都是埋怨。

顾然带微子回家见父母，回家前顾然对微子说：“媳妇，到家吃完饭后，我收拾碗筷，你假装打打下手，我去厨房洗，第一次见面留个好印象。”

微子立刻就翻了脸：“我凭什么干活，我从来没有做过家务，我以后也不会伺候你爸妈。你指望我嫁到你家以后当保姆吗？”

顾然哭笑不得：“我哪里会让你做保姆，只是第一次见面，留个印象嘛！以后家务我包了。”

“没门。”微子说。

那次见面的结果可想而知，微子拉着一张脸不和顾然的父母多说话，顾然的爸爸全程不停地找话题。

吃完饭，微子碗筷一放就跑到沙发上看电视。留下顾然的父母面面相觑，尴尬地坐在位置上。

微子是个玩心很大的姑娘，也是个这山望着那山高的姑娘。

她看到同事或者同学又买了什么包，又去泡过什么酒吧或者去哪里旅个游，心中对顾然的怨怼就深一分。

因此微子经常和顾然吵架，久而久之，各种恶毒的话就拼命往顾然身上砸。

后来她干脆不怎么找顾然，每天下班后和单位的男同事约着几个人，去打打麻将、KK歌、泡泡酒吧喝喝酒，心中很是满足。

顾然心中有火，也就不找她。分手前的那段日子，他们几乎就是互相折磨。

有一次顾然的爸爸到加油站给车加油，撞见微子和一个男人一起给摩托车加油。

顾然的爸爸没有和微子打招呼，加完油后，微子跳上车坐在后座，抱着那个男人的腰，两人扬长而去。

直到顾然生日的那天，顾然联系微子想一起过生日，微子和男同事在外面泡吧，问了一句："你准备怎么过？"

"一起吃个饭吧。"

"我不去了，你自己过吧，我还在酒吧和朋友玩呢。"

顾然于是忍无可忍，当天和微子分了手。

分手后，微子哭闹过好几次，顾然都无动于衷。后来顾然放弃了公务员考试，进入事业单位。到单位的第一年，顾然就花三十万全款买了车。

其实顾然的家庭条件不错，父母亲一个是医生，一个是烟厂的领导。只不过顾然和他家人都一直很低调，生活也朴素。这些事情，内敛的顾然从来没有和微子讲过。

顾然和微子分手大半年以后认识的浅浅。

后来微子在马路上偶尔遇到了开着车的顾然，当晚就给顾然打电话，要约着见面。

顾然拒绝了她。

“我不是不会疼女生。我的好只给我喜欢的人。只有懂事的女孩，才值得被宠爱。”顾然看着浅浅接着说，“遇到你以前，我想象过很多次我的另一半会是什么样子的。小鸟依人？美丽温柔？你呢，工作起来就不要命，经常不按时吃饭，一边要减肥一边喊着饿，大半夜拖着我要去吃宵夜。可是我要告诉你，我的卡你随便刷，我的人你随叫随到。在我面前你不必化妆，我也不会介意你邋里邋遢，我们可以一起去旅行、徒步，也可以窝在家里一边吃零食，一边看你最爱的美剧。你永远不需要为我改变什么，因为现在的你刚刚好。”

顾然深吸一口气，而后扶着浅浅的肩膀，深深地望着她的眼睛问道：

“所以，你同意我喜欢你了吗？”

我们都曾不堪一击，我们终将刀枪不入

整个城市还未苏醒的时候，窗外静得只听见虫鸣。今天是个多云的天气，太阳躲在层层朝云后面，将天空变成了银灰一片。树上的知了睡醒了，噪起来颇有一飞冲天的气魄。然后街道外又响起城市流动的声音，车马喧哗。

1.

猫儿成熟得有些早，懂事起，她总是幻想自己将来会收获怎样的爱情。猫儿心目中的恋爱对象一直应该是那种酷酷的外表，外冷内热的性子。高高大大，对全世界的女生都冷得像一块冰，对自己则千依百顺，万般温柔。当然，还要帅，百里屠苏那样的，是最好不过的了。

嗯，用现在的话说，禁欲系男神才是猫儿的菜。

第一次见王先生，他个子高高的，很清秀，穿着白色的上衣，看起来还蛮结实，猫儿是个一眼定生死的人，也很相信第一眼的感觉。猫儿只能说，第一次见到王先生，感觉不坏。

猫儿说了句："你和照片中的不太一样。"

王先生以前照片里的实在太瘦了，本人看起来头发短了，精神了，不然那么瘦的一根电线杆，猫儿的体积都比王先生大，那岂不是很没安全感。

王先生却默默以为猫儿是不是觉得自己没有照片好看，暗自揣摩了很久。见面的那天，猫儿刚刚拔了一颗牙齿，戴着米白色的大遮阳帽子，帽子上有一片白色面纱垂下来。王先生后来告诉猫儿，见到猫儿戴着那个帽子，觉得猫儿竟然这么讲究，而看到猫儿的那一刻，就喜欢上了猫儿。

其实，那只是因为太阳实在太晒了，即便是五月微凉的天气，可是对郑州这个春秋短的城市来说，太阳早已经按捺不住，敲锣打鼓地要向世人宣布它的回归。而那顶帽子，从那次以后猫儿也就没再戴过。

分开后，两人微信偶尔联系着，他们浅浅地聊着天，王先生每天都会按时地早上关心一下猫儿，而后消失一上午去开标，晚上睡觉前再聊几句。真的只是聊几句，因为王先生的作息太规律，总是早早就睡着了。猫儿看半天没有反应，就知道王先生一定是又睡着了。

开始的感觉，喜欢，应该还算不上，哪里有见了一面，聊几句微信就喜欢的道理呢。那段时间猫儿工作繁忙，因为王先生当时还身在洛阳，所以两人的联系越来越淡。

直到有一天，猫儿接到王先生的电话，他已经从洛阳辞职，准备来郑州工作。猫儿整个人是蒙掉的，压力排山倒海而来。

“万一两人没有发展成为男女朋友，岂不是浪费了人家原来那么好的工作了吗？”

而王先生就是这样的人，平时看起来润物细无声，一旦暗自下定了决心，就是个十足的行动派。

2.

和王先生在一起的日子，时时刻刻都是贴心的宠溺，猫儿成为朋友圈里秀恩爱秀到外太空的典范。

到郑州的第二个平安夜，猫儿说不想出去堵车看车屁股，不如在家过吧，那时候还在租房子住，两人在一个六十平的小房子里经营着小日子。那天王先生买了一大堆好吃的在家里，牛排、炸鸡、意大利面还有猫儿最爱吃的凉拌笋尖、红酒。

等猫儿回到家的时候，一桌缤纷又可口的美食已经将小茶几摆得满满当当，两人专门将屋里的灯光调暗，点上蜡烛，猫儿拿起手机对着两人拍了照片，那是她二十多年记忆中最美好的平安夜。

王先生出差之前跟猫儿交代：“排骨汤做好了，放在锅里，晚上回来喝，出锅前记得放葱丝，葱丝切好了，在案板上。”

猫儿工作的地方离家很远，加班是家常便饭，王先生从外地出差回来，为了接她下班，饿着肚子从下午四点等到晚上十一点。猫儿心疼又感动，挽着王先生的胳膊提议去海底捞犒劳一下伟大的私人司机。

“人家都说女人是一天的公主，十个月的太后，一辈子的丫鬟。我要做一天的公主，十个月的皇后，一辈子的老佛爷。”猫儿在朋友圈里写道。

在他家里每次吃饭的时候，无论他在哪里，一听到收拾的声音，一定会在第一时间出现在厨房猫儿的身后，然后把她拉到一边，自己把碗全都洗完。公公婆婆假装看不到，在洗碗期间从不进厨房。一家人一直保持着每日让猫儿“贤惠”一次的默契。

“蛇年，收获了一份大大的人生礼物。”跨年的时候，猫儿在朋友圈里贴出王先生的照片——那是王先生带猫儿去自驾的时候拍的照片，嗯，猫儿总这么说王先生，一吃东西的时候就变帅，然后出奇地上镜。其余时候拍他，照片上的他都闭着眼。

“你也是我最好的礼物。”王先生回道。朋友们一通围观，大骂两人秀恩爱无下限。

3.

王先生总会包容猫儿的突发奇想，减肥是女人一生永恒的话题，可郑州的雾霾让人却步，于是情人节的时候，猫儿大言不惭地说："亲爱的！为了情人节这个特殊的节日，为了表达我对你的爱意，我给你买一台跑步机吧？"

王先生："……我可以说，我不要么。"

"不可以。"

跑步机零件送到家以后，王先生扛进电梯又扛回了家，安装了半天时间，等猫儿到家的时候，跑步机已经矗立在原本就很拥挤的小两房的客厅里。

猫儿心血来潮地跑了几天以后，就将跑步机打入冷宫。过了一段时间，猫儿又想入手个Xbox，于是一天晚上趁着王先生打完游戏说："亲爱的，今年你生日我送你个Xbox吧？"

王先生看她一眼，一副你又来这一套的表情说："我不要。"

猫儿于是软磨硬泡，时不时就说上一句："哎呀，我们同事在家和老公打box可有意思了。""你知不知道NBA在box上面打特别有质感。"

久而久之，一天上午猫儿给王先生发微信问："你干吗呢？"

"研究一下买哪个版本的Xbox"

4.

闷骚。这是猫儿对王先生的评价，他确实很内敛，很容易害羞。但自从和猫儿在一起以后，不仅学会了自拍，有时候也有点段子手的特质，还能分分钟破梗。

一个周末，王先生开车带猫儿回洛阳。出市区之前，一堆车围绕着洒水车蹭水洗车，龟速爬行。王先生握着方向盘说："眼看天就要下雨了，对于你们这种行为，我想说，别加队，让我也洗洗行吗？"

到了洛阳，晚上睡觉前，猫儿对王先生说："老公，我想去看米兰大教堂，看看达·芬奇的《最后的晚餐》。"

"达·芬奇跟你有什么关系？"

"那故宫长城还不是你修的呢。你不觉得人活一世，地球那么美丽，应该好好看看吗？"

"那你得去外星球看。"

猫儿愣了一秒开始狂笑："你真让人没法聊天。那你怎么不去月球呢？"

"月球的景色应该也可以。"王先生很严肃地回答。

"你知道月球古代离地球很近吗？"猫儿说。

"有多近？"

"特别近！减缓了地球自转的速度，然后才有生命起源。但是月球会离地球越来越远，变成木星的卫星。"

"是吗？！"

"是啊！我有文化吧！"

"你能不吹牛逼了嘛……"

第二天起床后，公公在客厅给孩子放"熊孩子儿歌"。

猫儿问王先生："为什么是熊孩子儿歌？"

王先生沉思了一秒说："可能是根据受众对象起名的吧。"

“好有道理的样子……”

5.

万能的王先生。

刚恋爱的时候，王先生告诉猫儿，自己特别喜欢切菠萝皮，就拿着菜刀去掉刺手的外皮，划出漂亮的螺纹形状。切完以后，整个人似乎都神清气爽。他说他妈曾经专门买了个切菠萝器，王先生老不开心了。

猫儿和王先生租的小两房是个“裸房”——除了地面和墙面以及厨卫基本装修以外，一应家私用具全都没有，那几日王先生用电钻给墙打洞挂窗帘、换防盗门锁芯、处理漏水管道、把一片片的模板螺丝组装成床和柜子，井井有条。“女人要自强”主义的猫儿，瞬间觉得能够这么“坐享其成”真是幸福。

猫儿闹着膝盖痛，上楼梯使不上劲，王先生说可能是膝盖受寒气了，吃完晚饭，猫儿在客厅看电视，王先生端出来一盆热水让她用热水泡脚，过了一会儿从厨房切了一把蒜末出来，又抓了一把葱丝，紧接着倒了一点醋进去。

猫儿惊讶地看着他说：“你做饭呢？”

和王先生二人世界，吃韩国拉面看电影，旁边一家三口也在边吃小食边等电影开场。猫儿说：“以后咱家也这样，带着孩子来看爸爸去哪儿啊、爸爸的假期啊、熊孩子啊、熊大熊二……”

得知猫儿怀孕第二天，王先生就在公司的会议上说老婆怀孕期间不再出差了。每天下班后都火急火燎回家。同事都问他那么着急干什么，他答道："回家给媳妇做饭啊！"而后每天早早回到家里给孕妇做饭，乌鸡汤、草莓酸奶。

头三个月孕吐厉害，猫儿对着一大桌子菜没有任何食欲，很内疚。王先生若无其事地说："不想吃就不吃了，困了赶紧睡会儿。"

孕妇洗完头坐床上玩手机，王先生担心她感冒，于是拿来吹风机给猫儿吹头发。猫儿用手机拍下王先生的侧脸。

怀孕七个月的时候，猫儿拉着王先生去拍大肚照，顶个大肚子拍照着实辛苦，几套衣服下来猫儿觉得从五官到手脚都僵硬得很。最后一套是和王先生一起拍，化妆师在猫儿的肚子上画上一个可爱的笑脸，和王先生拍的过程中，快乐得眼泪都笑出来。王先生被摄影师摆拍亲吻宝宝、对着宝宝喊话，等等，平日里不爱拍照的王先生变得呆萌配合，让猫儿的心被幸福填得满满的。

猫儿翻着字典要给孩子取名字："老公啊，你说孩子取名字是不是要看看五行什么的，缺什么补什么？"

"不用那么麻烦吧。"

"老公你知道你五行缺什么吗？"

"缺什么？"

"缺我啊……"

6.

夏末秋初的季节，傍晚的空气澄明，天空的颜色瑰丽而迷人。日落的方向，天空镀上一片金黄的颜色，稍微远点的天空是淡淡粉红。楼体也被染上了红色。天的另一边，一团团拉着丝的云层环绕着几汪清蓝的天空，淡紫色的飞云，像青海湖的湖水。

猫儿和王先生拉着他们已经一岁的儿子，在小区里散步。小区二期的项目交房了，两人到拎包入住的样板间看看，还有没有什么可为家里置办的家具。

或许有一天，我们不再能够记起当年怦然心动的感觉，和爱恋的滋味。可是这个人却就是这样，开始无处不在地占领你的生活和时间。开始的时候，你觉得生活轨迹有了变化，而后来你会感到，他不在家的时候，你竟然什么都没有心情去做好。

从恋爱开始，朋友圈封面就换成她的照片。钱包打开是她的照片。

有的人相处久了，你会觉得对方贫乏，你会恍然大悟原来对方最好的时候，就是初见的时候。

而和王先生相处的日子越久越有惊喜，王先生总能出其不意地自然而然拨动猫儿的心弦，看似平淡低调的王先生，却让人越接触越觉得有内涵，越在一起生活越觉得有趣味。两个人旗鼓相当，各有所长，互相欣赏，只此一人。每天都是人生若只如初见。

很多年没有感受过的，是你之于我的温暖和安心。时间的因缘际会便是如此，你等的那个人没出现之前，你仿佛一直飘忽游移在漫漫天际一般，流光种种只为电露泡影，伸手触碰即化为支离破碎的碎片。直到你遇到一个人，你的灵魂就从天际慢慢地沉到脚底，你如同无线的风筝一般的漂泊终于完结。

猫儿始终记得他们结婚的那个晚上，请帮忙的一众好友到KTV唱歌，猫儿横坐在王先生怀里说：“我嫁给了世界上最好的老公。”王先生搂着猫儿的腰，在她耳边说着：“我娶了世界上最好的媳妇。”

你是我的软肋，也成为了我日后的铠甲。因为我们都曾不堪一击，我们终将刀枪不入。

相思落地生长

1.

初中那会儿我的物理出奇的好，市里面的重点初中的竞赛题都可以松松拿到满分。可到了高中，不知怎么回事儿，原本情投意合的物理就突然就和我翻了脸。他变得我难以读懂，更别说轻松地驾驭。我觉得书上明明是中文啊，可我怎么就看不懂呢？

物理翻起脸来，可比我们女人快得多，让人捉摸不透，毫无章法。

那时候高中的物理老师，是个二十出头的年轻女老师，约莫也就刚刚大专或者大学毕业。尽管我很不情愿将自己一落千丈的物理成绩归结于这位女老师的水平太有限，但这位女老师确实有些奇葩。

她并没有像其他老师一样，偏爱那些自己科目学得很拔尖学生。相反，那些能快速回答她问题的学生，都变成了“拆台者”和“眼中钉”——谁回答了她的问题，换回来的，就是她的一脸的不快。好像让她收到了侮辱。

每当这位老师沾沾自喜，又要开始自我炫耀一番的时候，总会有个声音，不合时宜地出现，立刻讲出来答案或者答题的思路。

就好像，在商场忽然看到一位大帅哥向着自己的方向直奔而来，欣喜若狂地以为自己要展开一场艳遇，忽而发现他一个擦肩而过，直接走向男生厕所……

是的。这是我见过的最奇葩的女老师。

开始，每每听到他的声音，我都会充满怨念地回头看他。嫉妒他依旧得到物理大神的眷顾，我心里默默纳闷，这家伙的脑子里究竟多了多少脑细胞？我想物理一定是个好色女，异性相吸。抑或者是上了高中的男生忽然间一个个就变得比女生聪明了？

可到后来，我反而对他有些微微的同情，同情物理女老师抛给他不耐烦的眼神，也暗自佩服他心理素质之过硬。

久而久之，也就习惯了他和物理老师的一问一答。

有一天，我看到了一道物理竞赛题。就抱着一丝戏谑的心态，特别虔诚地拿去向他问题。

他看到我站在他的座位旁边略微有些惊讶：“怎么了？”

“我有一道物理题不会做，听说是竞赛题，很难。你能帮我看看么？”

“嗯，好。”

“物理现在可难死了，比楚辞还难！读离骚我都怀疑这是中国人写的么。相比之下，楚辞太可爱了。”

他笑了笑，略带羞涩：“我来看看。”我顺势坐在他的旁边，看着他俯首在演草纸上解题。

这是我第一次这么近距离地看他。这个时而张扬时而又很内敛的物理尖子。细长的双目，高挑的鼻梁，薄薄的嘴唇，鼻头尖尖的，像极了漫画人物的剪影，我下意识地摸摸自己的小肉鼻头。

做题的时候，他很专注，手指纤长而干净。我托着腮坐在他旁边，他的位置靠着窗边。阳光就忽而从窗外洒了进来，让他的侧脸晕染上温暖的轮廓。白色的T恤隐隐散发好闻的香皂味。

Stop！我在胡思乱想什么？

“班长？”身边一个不和谐的声音响起，我抬头望去，他的同桌一脸坏笑地看着我：“班长也有不会做的题啊。”

“你想死呢？边儿去。”我立刻甩过去一个彪悍的眼神。

“你坐着我的位置呢，”同桌一脸无奈，“快上课了，我去哪儿呀？”

“没看见我正给大家树立好好学习的榜样吗？在旁边站会儿！”

我斜眼看去，他的眉头微锁，是不是我给的题目太难了，心里稍微有些不忍，觉得自己不应该用天书一样的题目来给他看。上课铃响起，我对他说：“反正是竞赛题，不必太较真。我回座位了。”

他好像还沉浸在题目里，停顿了几秒才反应过来，“啊？哦……好。”说完，头也不抬依旧在纸上计算着。

一整节英语课，我都有些心不在焉，回头望去，他始终低着头在纸上写写画画。

终于下课，收拾东西准备去食堂吃饭。忽而一个人将一张演草纸放在我的眼前，五指张开，指尖纤细白净。我顺着往上看，迎着他略带成就感的目光，“喏！做出来了！”“啊？这种题你都做得出来，你是不是人啊？”我看他依旧一脸得意的微笑。

“走！看在你这么辛苦的份上，本姑娘请你吃饭，学校餐厅，管饱管够！”

我和王羽就这么展开了革命的友谊。

2.

“我又被人秒了！”我在帮里频道吼道。系统显示，我被一个叫怪蜀黍的人杀掉。

“在哪儿？樱桃”羽人翼问道。

“加基森。”

“好。”

过不了多久，我惊讶地坐在屏幕后面，不久露出满意的微笑，他帮我报仇去了，站在尸体面前复活了再杀死，杀死再等复活，无限鞭尸直至对方无奈下线。

“好帅啊，师傅。”我说。

“一般帅吧。”他回我。

他是我游戏里的师傅，像我这样喜欢打游戏的女孩子在当时并不多，我也就是图个新鲜，觉得女孩子打游戏酷酷的，和别人吹起牛来也算是一种资本。

我这个新手小白，就走上了跟着师傅刷副本打怪的道路。

随着级别上升，解锁的新玩法越来越多，我从不操心攻略或者地图，师傅都会带我打怪带我飞。

师傅很厉害，他是工会的会长，工会在他的带领下，最多达到了400人的会员，他曾经指挥工会拿下了海加尔山的Boss，这个Boss卡散了无数的帮会。

这个副本大概是这样的：Boss后面站了一群卫兵，Boss会砸地狱火，需要一个火抗T，还需要一个主T扛Boss，这个Boss最大的特点，会生出一个扇形的波，受到伤害的治疗会降低50%，基本上被波到，奶妈就废了。由于当时大家的治疗装备差，治疗低，被波到的治疗基本就只能站着看，否则就会被Boss杀死。而且5分钟以后Boss会进入狂暴状态。

所以当时师傅创立了一个战术：围绕着Boss跟主T，八个治疗分为四组，每组一个群体治疗跟一个单体治疗配合，八人分别站到正方形的四角上，波一次，只会有两个人不能加血，其余六个人可以继续加血，保证T跟团队的加血效果。

火抗T，拉着Boss砸下的地狱火，承受伤害，然后跑一圈吸引所有卫兵袭击地狱火，再拉着地狱火带到Boss那儿，等地狱火被消灭之后，所有卫兵转目标攻击Boss，其余所有人分成两个团队，远远地打地狱火，不攻击Boss。等卫兵把Boss的血量打到30%，所有dps放弃打地狱火，转目标攻击Boss。由火扛T和一个治疗负责吸引所有地狱火，全团放大招，Rush Boss。

一场大战下来，整个工会气势大增，无不欢呼雀跃。

3.

开学前，王羽忽然要组织我们关系好的几个同学一起到庐山去旅游，趁着初中毕业的余温，在高三紧张的气氛来临以前。

出发之前王羽来家里帮我拿东西，谁知我正在刷本。他看了看我的ID，然后用仿佛看外星人的眼神看着我说："女孩子还打游戏？"

"现在还有男人化妆呢。"

"我以为游戏上的都是人妖。"

"王羽，你打游戏吗？"

"我，额，哎呀，今天的天空好美丽啊。"

我看向窗外，有点雾霾："美丽你个大头鬼哦。哎呀我去！又挂了！师傅不在这种级别的副本都过不了！"我抱怨丛生。

进山之后所有的景色都变得清凉，南方的树木特别笔直，齐刷刷向云霄而去，不像北方的树木婆娑多姿，生长的方向各异。

到了山里安顿好宾馆略微休息了一下就跟着团向景点而去。大巴行驶了长长的一段山路以后，在一片开阔的水面停下，导游说这湖叫做如琴湖。

那日阳光正好，从天穹之上缓缓泻到湖面之上，湖中心有个四角挑檐的亭子，蓝色的琉璃瓦泛着淡淡的光芒。湖水被三面的山峦包围，我坐在湖边，王羽叫我名字，我回过头去，听到他摁下相机快门的声音。

同学看到笑王羽偷拍班长。然后一个个婀娜地跑到湖边摆起惨不忍睹的动作，要求王羽也给他们拍照。

晚上的时候，一行人在山腰上的小店吃饭聊天，庐山上的建筑风格。

“吃货的人生，总有几分江湖恣意的潇洒，愿此生有酒下肚，有肉果腹，红尘做伴吃得潇潇洒洒！来来来！让我们同归于尽吧！”心情着实欢快，我举着杯子慷慨激昂地说完祝酒词，一饮而尽。

“班长，你这话语文老师听到估计要气得飞到外太空去。”

“切切！那我就拉着老师来，请他满饮三杯！哈哈。”我有些得意忘形。王羽在一旁话并不多，酒过几巡当我再想喝啤酒的时候，王羽按住我的手腕，然后将我杯子里的啤酒倒进他的杯中。

我小声说：“如琴湖真好看，还想去看看夜晚是怎么样的。”

“走啊。”王羽对我说。

我有些兴奋：“真的？可我不认识路。”

“没事，我们跟着导示走。”

我和王羽跑到街边的便利店买点饮料，就凭着感觉顺着粗放的景区指示牌进了山路。路两边的树木丰茂而低矮，在头顶拦住了星光和夜空。

路上几乎没有人，因为是景点，白天繁闹夜晚冷清。我走在路上几乎都要放弃，但王羽坚地说，别怕，应该就在前面。

走到一个下坡的时候，我要和王羽比赛跑步，“你让我50米！”

“好。”王羽笑笑，停在原地。

夜晚山风阵阵，穿过树林，时不时有些鸟鸣。山路在树阵的末端忽而开朗，夜空一片开阔，如琴湖撞入眼帘。一轮圆月挂在空中，湖光粼粼。

“王羽！快看！我们到了！我们真的找到了！”

湖面的风很大，向岸边扑来，我的头发被吹向一边，王羽站在风向，为我遮风。他高大的影子挡在我眼前。

“谢谢你啊，王羽。”

“你开心就好。”

“这个，送给你。”王羽手掌摊开，一串手链躺在他的手心。我仔细看去发觉这链子有些眼熟。

“上午看你挺喜欢这链子，就买下来了。送给你。”

“好贴心啊，王羽同学。”我接过手链戴在手腕上。王羽说：“不就是串小手链嘛，看把你乐的。以后送你更好的。”

“你游戏里，有个师傅？”

“嗯！我师傅可酷了，指挥团战分分钟。”

“你，喜欢他吗？”

我惊讶得嘴巴合不拢：“怎么会！怎么会……”我先是高声地反问，然后声音低得仿佛自言自语。我喜欢师傅吗？我真的没有想过这个问题。

但我好像是信任他、崇拜他的。可都这么大的人了，我们还隔着网络说喜欢，难道不是有点儿戏么？

我发呆地看着如琴湖，王羽发着呆看着我。我们什么都没有说，坐在那里想着各自的心事。

夜色清凉如水，穿过纱窗，沉在我的皮肤上。我最爱这夏末秋初的天气，有些微凉的温度，也能穿单薄的衣服而不致寒冷。那晚睡觉前，王羽的笑容一直在我眼前摇晃，他的身影在月光下有些朦胧。

第二天到了瀑布前，我们一行人租了两个皮划艇在湖上玩耍，因为人不多，另一艘船上的人对我们发起进攻。我和王羽在一艘船上，他坐在我的旁边，我直接面对“敌人”水花溅来的时候，本能地用右手挡脸，睁开眼睛发觉王羽的手挡在我的右边，回过头来看他，他几乎是用右臂将我环住。

看他的时候，他正保持着姿势嘴角噙着笑容看着对面，额前的头发散在眼前——那是我第一次距离王羽那么近，近到船身晃动一下他就能吻到我的额头一般。

水花还在不停泼来，衣服湿了大半，我抱着头喊着：“别泼啦！”

王羽在我耳边说：“别怕，我帮你报仇。”而后便调转船的方向，让自己对着旁边的船发起进攻。

瀑布之下回荡着我们几个人的笑声。玩累了就上岸回酒店。庐山瀑布果然是下山容易上山难。

我扶着石栏，一步一步往上爬，爬到中间不忘给自己自拍。夏天的热度还未散去，又累又渴。

“走不动了啊！”

“我拉你。”王羽伸出手。

“他们看到，估计能取笑我们好几天。”

“管他们呢。你在乎？”他站在我前面，手还在半空中。白净的手腕上一只黑色的运动手表，浅色的中袖衬衣配着深色马裤，石阶上清俊的少年。

我将手放在他的掌心，手链在阳光下反射出炫目的光芒。他看看我的手腕，握住我的手对我微微一笑。

“跟你说个事情。”即将回到山上，最后几个台阶的时候，我和王羽坐下休息。他看着远方轻声说：“我要转学了。”

“什么？”

“我要出国了。”

“不是好好的，怎么忽然就要走呢？”胸口仿佛生出了黑洞，吸走了所有的氧气。明明天气很暖，我的手脚瞬间冰凉。

“本来打算高考结束以后走的，没想到忽然提前了。”

“所以，你组织大家出来旅游，是为了最后聚一聚？”

“嗯。”他的眼神依然飘在远山上。我的眼里却汹涌。我知道这并不是他能够左右的事情，十几岁的年纪，命运并不在自己的手中。

我分不清心底五味杂陈的情感，是不舍、是生气、是失望还是难过。

“他们我都还没有说。”我知道他转过脸来看着我，我咬紧嘴唇一边点头一边望着山川之间的流云，拼命让眼泪不要掉下来。

“筱筱？你没事吧。”

我笑了一声，起身拼命往上跑。王羽在身后叫我，我拨开有些错愕的其他人，向着下山的缆车跑去。

王羽没能跟上来，我回到酒店关上房门趴在床上哭了起来。

门外响起王羽的敲门声：“筱筱，你没事吧？”

“我没事，我肚子痛而已。”

晚饭的时候，大家一阵唏嘘，纷纷和王羽喝酒碰杯，约着到时候一同去送他。我话并不多，提不起精神。偶尔会配合着挤出几丝笑容，估计比哭还难看。

回到洛阳的时候大雨滂沱，空气寒凉一如我当时的心情，王羽说我送你回家吧，“不用了。”我听到自己口是心非地说。

他像没听到一般，从手里拿走我的斜挎包挂在自己身上，脱掉外套罩在我俩头顶向大雨中跑去。

窗户上的雨水如帘幕一般滑下，窗外一片模糊。

公交车仿佛一艘战船，驰骋在道路之上，在公路上激起两排浪花。

车上很空，座位上的每个人都低头看着手机，玻璃上的哈气，包裹着冷漠的静谧。

前面的雨刷拼命刮出一片清晰，却也追赶不上大雨灌下的速度。车顶是巨大的雨滴砸下的声音，不时地变换着鼓点。

这座城市真大，大到一场雨都无法覆盖它。驶出了西工区，雨水忽而就收敛了。天幕依旧一片墨色。

公交站就在我家门口，“常联系，王羽。”我跟他挥挥手，“早点回去吧！”

我转身朝家走去，背后响起王羽的声音：“筱筱……”

“嗯？”

“没事。我会想你的。”

4.

工会散了。

回来以后好几天我都没有上线游戏，再上线的时候，工会里的人竟然已经离开大半，连师傅也不再是会长。

我们的工会是按照积分制来分配每次爆出来的装备，工会里和师傅关系很好的一个人被盗号，装备全部丢完，一次副本打完以后，爆出了顶级装备，爆装概率很低，按照时间来计算，要整整打两年的时间才会爆出一个。当时工会里有另一个新人，拿出全部积分来要换这个装备，而和师傅关系好的人，积分刚好少了几分。

他想让师傅把装备给自己，可师傅最后还是按照规矩给了积分最高的新人。于是没有拿到装备的人，带着部分人一气之下离开工会，而师傅也不再做会长，似乎也不想再玩魔兽了。

师傅将工会的游戏币和资源给大家都分了分。

“师傅。”

“？”

“我喜欢的男生离开我们学校了。”

“……”

“算了，说了你也不懂。”

“我打算AFK（暂时离开）了。”

“我听说了。我也不打算玩了。高二学校假期少，补课越来越多。”

“哦。好。”又过了许久，他说，“樱桃。我们再一起去看看曾经咱们走过的地方吧。”

师傅带着我在魔兽里游荡，从我们最初相遇的冬泉谷，到我们一起升级刷怪的地方。我在屏幕后面哭得泣不成声。

冬泉谷的蓝紫色的天空上挂着一轮明月。雪地在月光的映衬之下泛着幽幽的光芒。很多魔兽玩家都会把自己的号挂在喜欢的地方下线，永远离开。

从前师傅告诉我的时候，我在想我们或许永远不会有这么一天吧。师傅站在月色之下，回头看我说：“小樱桃，好好学习，好好考试。有缘再见。”

“师傅，再见。”

他的头像灰了，曾经我们走过的无数的日子永远定格在冬泉谷漫天的飞雪当中。

5.

工会散了，王羽走了。我的世界忽然变得很陌生。他要先去郑州机场，再坐飞机到北京转机。他离开的那天，我没有去送他。

洛阳的老路依旧那样的宽度，路边栽种的树木已经参天。树旁边是那种八九十年代盖起来的三层小红楼，砖头垒起来的房子，暗红色的墙身，远远看着有几分复古的味道。楼下临路的房子被改装成了商铺，一间一间的小小的空间，招牌旧了新，新了旧。

我已经很多年没有上魔兽了，自从师傅AKF以后。我忽然发现，曾经我那么热爱这款游戏，无非是期待他亮起的头像，即便他暂时不在线我知道也能等他回来。

有时候你会发觉，你一直以来的生活忽然之间就离你远去了，你曾经住过的房间、经常见到的人、常常吃到的菜、听到的声音、每天放学回家走过的路，院子里的无花果树，开了又落，落了又开。时间告诉你，那些你以为过一辈子的日子，不知道怎么就再也回不去了。

这一年，是我工作的第一年，魔兽又开7.0了，每个职业都能拿到梦寐以求的神器，我重新注册新号，上了游戏。我没有把玩神器，我走遍了最初打怪升级的地方，欣赏曾经的风景。最后回到了当初我们相遇的冬泉谷。

身边出现了另一个人，ID叫做“筱晓我心”，他的模样和师傅一样，他走近我，说：“小樱桃，我回来了。”

后来我才明白，当你注定爱上一个人的时候，无论在什么的环境下你终究会爱上他。游戏里运筹帷幄的他，现实中内秀而温暖的他，或许他的头发、他的指尖，他无意间哼出的曲调。都会是你爱他的理由。

可是还好，你爱了那么些年的人，还在你的身边，就像从前的种种都还未全然离去。你在他的面前，永远是最初的时光模样。星辰刚刚落去，天空刚刚明亮，秋风刚刚摇动枫叶，他刚刚抬头，瞥见窗户边举着一道物理题面带坏笑的你。